Les Six Compagnons et la radio libre

Série Les Six Compagnons
dans la Bibliothèque Verte

Les Six Compagnons et les agents secrets
Les Six Compagnons et le cigare volant
Les Six Compagnons hors la loi
Les Six Compagnons et la bouteille à la mer
Les Six Compagnons au concours hippique
Les Six Compagnons à Scotland Yard
Les Six Compagnons et le château maudit
Les Six Compagnons à l'étang de Berre
Les Six Compagnons et le carré magique
Les Six Compagnons et l'homme au gant
Les Six Compagnons se jettent à l'eau
Les Six Compagnons et le chasseur de scoops
Les Six Compagnons et la clef-minute
Les Six Compagnons devant les caméras
Les Six Compagnons dans la ville rose
Les Six Compagnons de la Croix-Rousse
Les Six Compagnons au gouffre Marzal
Les Six Compagnons et le mystère du parc
Les Six Compagnons et la radio libre

Les Six Compagnons et la radio libre

Une nouvelle aventure des personnages créés
par Paul-Jacques Bonzon
racontée par Olivier Séchan

HACHETTE

Hachette Livre, 43 quai de Grenelle, 75015 Paris.

Chapitre 1

Gnafron et Michael Jackson

Tidou dormait encore ce mercredi matin-là, quand la voix de sa mère le tira de ses rêves :

« Une lettre pour toi, paresseux ! »

Elle entra dans sa chambre, l'enveloppe à la main.

Sa mère n'avait guère l'habitude de lui apporter son courrier au lit, aussi s'étonna-t-il. Elle lui tendit l'enveloppe en expliquant :

« Elle est adressée aux Six Compagnons, alors j'ai pensé que ça valait la peine de te réveiller... et puis tu as assez dormi comme ça, non ? »

Mais Tidou ne l'écoutait plus. Assis sur son lit, tout à fait lucide maintenant, il déchirait fébrilement l'enveloppe. Depuis plusieurs mois qu'aucune « affaire » n'était en vue, cette missive adressée à l'équipe tout entière faisait figure d'événement.

À voir la tête du garçon s'illuminer dès qu'il eut commencé à lire, on ne put bientôt plus en douter : c'était effectivement un événement que cette lettre lui annonçait.

« Je vois que ce sont de bonnes nouvelles », dit sa mère avec un sourire.

Et, sans plus s'attarder, elle retourna à son ménage. Non qu'elle se désintéressât de ce qui passionnait son fils, bien au contraire, mais, depuis le temps, elle savait se montrer discrète en ce qui concernait les fameux « aventuriers » de la Croix-Rousse. Elle savait aussi que Tidou la mettrait au courant dès qu'il le jugerait bon. Pour elle, c'était un peu comme de respecter le secret professionnel.

À peine habillé, Tidou traversa en trombe la cuisine où Géo, son petit frère, était en train de boire son chocolat.

« Tu peux être fier de ton aîné, jeune homme ! » lui dit-il en lui donnant une claque dans le dos qui le fit avaler de travers.

Géo n'eut le temps ni de protester ni de demander des précisions : il était encore en train d'essayer de reprendre son souffle, que son frère disparaissait déjà dans le salon, Kafi sur les talons.

Kafi n'était qu'un chien-loup, et, bien que son intelligence dépassât largement celle de tous les individus marchant à quatre pattes, il ne parlait pas un langage articulé. Pourtant, ce matin-là, tandis qu'il regardait son maître composer hâtivement un numéro de téléphone, ses grands yeux vifs, autant que sa belle queue touffue, disaient clairement : « Je vois qu'il y a du nouveau, je sens qu'on ne va pas tarder à rigoler, c'est pas trop tôt ! Et je suis bien content pour toi, mon cher Tidou ! »

« Allô, Mady ? lança celui-ci dès qu'il eut obtenu sa communication... Je ne te réveille pas ? ... Non, rien de grave, au contraire !... Il s'agit d'une lettre, qui s'adresse à nous tous, mais je ne t'en dis pas plus... Non... Si si, bien sûr... Dans trois quarts d'heure à la Caverne, ça ira ?... Je compte sur toi pour faire suivre. À tout de suite ! »

Il raccrocha.

Mady était la seule fille de la troupe. Avec sa belle chevelure brune, ses yeux noirs et son sourire lumineux, elle n'avait pas à faire d'effort pour mettre tous ses camarades dans sa poche. Toutefois, c'était admis, Tidou était le plus accroché, et la jeune fille le lui rendait bien. Personne, d'ailleurs, n'eût songé à lui discuter ce privilège. N'empêche : on les mettait souvent en boîte en les appelant « les amoureux » ou en leur demandant : « À quand le mariage ? »

Bref, rien d'étonnant à ce que Tidou ait averti son amie en premier. Après quoi, elle « ferait suivre », comme il le lui avait demandé. Autrement dit : elle téléphonerait au Tondu, lequel appellerait la Guille, lequel Bistèque, lequel Gnafron.

C'est ainsi que, trois quarts d'heure plus tard, les Compagnons se retrouvèrent comme prévu à la Caverne.

La Caverne était un ancien atelier de tisserand, perché sur la vieille colline lyonnaise de la Croix-Rousse. Les Compagnons en avaient fait leur quartier général. Ils s'en servaient aussi comme garage pour leurs mobylettes et comme remise pour leur matériel de camping. Pour l'heure, ils étaient tous assis sur des vieilles caisses faisant office de tabourets, tous sauf Tidou, debout au milieu d'eux, son chien étendu à ses pieds.

Il sortit la fameuse lettre de sa poche, la déplia

sans se presser, s'amusant de l'impatience de ses camarades. Enfin, il commença à lire :

« Chers Compagnons, la station F.M. Radio-Gones dont je dirige les services serait heureuse de vous recevoir dans le cadre de son émission "Les Coulisses de l'Impossible". »

Il prit un temps, considéra posément son auditoire, accroché à ses lèvres, puis reprit sa lecture :

« Cette émission se propose d'ouvrir ses micros aux témoins, aux acteurs, voire aux victimes d'aventures amusantes ou tragiques mais toujours extraordinaires. »

Nouveau coup d'œil à un public de plus en plus intéressé. Puis :

« Notre équipe est tout de suite tombée d'accord sur le fait que les Six Compagnons de la Croix-Rousse, presque aussi célèbres dans la France entière que dans la ville de Lyon, seraient les invités idéals pour donner le coup d'envoi d'une telle émission. »

Désormais, nos amis étaient aux anges et buvaient les paroles de Tidou :

« Invités idéals du fait de leurs exploits fameux autant qu'à cause de leur jeune âge. Comme son nom l'indique, notre radio libre s'adresse en effet plus particulièrement aux gones[1]*. Il s'agirait pour vous, dans le cas où vous accepteriez notre proposition, de venir en direct faire le récit des aventures et enquêtes de votre choix, de répondre aux questions de nos journalistes et, éventuellement, de celles de nos jeunes auditeurs qui auront la possi-*

---

1. Gones : expression typiquement lyonnaise, dérivée du grec (*gonos :* enfant), pour désigner les jeunes.

bilité d'appeler notre standard par téléphone. Qu'en pensez-vous ?

— Génial ! » s'exclama Gnafron en bondissant de son siège.

C'était le plus petit mais le plus nerveux de la bande. Il était toujours prêt à réagir, et de la plus bruyante façon, que ce soit pour s'indigner ou, comme maintenant, pour se réjouir. Dans son empressement, il n'avait pas compris que la question faisait partie de la lettre. Tidou reprit :

« *Qu'en pensez-vous ? Nous sommes prêts à répondre à toutes vos demandes de précisions. Appelez-nous dès que possible au 78 43 54 54. L'équipe de Radio-Gones vous salue bien et vous dit à bientôt. Pierre Fournel, responsable des programmes.*

« Alors, qu'est-ce que vous en dites ? »

Pour le coup, Tidou avait posé la question en son nom.

Cette fois encore, Gnafron fut le plus prompt à réagir :

« Hyper-génial ! » renchérit-il en secouant son incroyable tignasse brune.

Mais le Tondu tempéra aussitôt cet enthousiasme exagéré.

« Ne nous emballons pas », déclara-t-il de sa voix grave et posée.

Le Tondu était le contraire exact de Gnafron. Primo, comme son surnom l'indiquait, il n'avait pas un poil sur le caillou (mais à la place un légendaire béret) ; secundo, il mesurait une tête de plus que lui et aurait pu le soulever du petit doigt ;

tertio, il était aussi calme, aussi réfléchi, aussi sérieux que son copain était « foufou ».

« Ne nous emballons pas, reprit-il quand le petit brun eut retrouvé sa place sur son siège. Cette invitation est flatteuse, je ne dis pas le contraire. Elle l'est peut-être même un peu trop... c'est précisément ce qui me gêne...

— Qu'est-ce que tu veux dire ? s'inquiéta Mady.

— Je veux dire que ce Pierre Fournel nous traite comme si nous étions le commissaire Maigret en personne. Il ne faut tout de même pas exagérer !

— Pourquoi pas ? protestèrent en même temps la Guille et Bistèque.

— Le Tondu a raison, intervint Tidou. S'il nous traite comme Maigret, ou comme je ne sais quelle célébrité bien réelle et plus importante que nous, c'est justement qu'il ne peut pas se permettre d'inviter une telle célébrité... »

Le Tondu renchérit :

« Qui, ici, a déjà entendu parler de Radio-Gones, je vous le demande ? »

Tout le monde dut reconnaître que la station F.M. en question n'était ni France-Inter ni R.T.L.

« Et alors ? protesta la Guille. C'est une radio qui débute, d'accord, mais ça n'est pas une raison pour bouder cette invitation !

— Je n'ai jamais dit ça, répondit le Tondu. Je voulais seulement tempérer l'enthousiasme de l'ami Gnafron qui a parfois tendance à se prendre pour Travolta ou Michael Jackson ! »

Sur quoi ce plaisantin de Gnafron, le prenant

aux mots, se campa sur ses deux jambes écartées et, grattant les cordes d'une guitare imaginaire, hurla dans un anglais approximatif les paroles du dernier succès du fameux chanteur !

Chapitre 2

La tempête

En fait, le vrai musicien de la bande, c'était la Guille. Il ne se séparait jamais de son harmonica. Et, le lundi suivant, premier jour des vacances de Toussaint, alors que toute l'équipe (Kafi compris) traversait la Saône sur le pont de la Feuillée, il l'avait dans sa poche, comme d'habitude. Sait-on jamais : peut-être que Pierre Fournel lui demanderait de jouer un petit air en direct pour les auditeurs de Radio-Gones...

Oui, vous avez bien lu : cinq jours après avoir reçu la fameuse lettre, c'était en direction des locaux de Radio-Gones que nos amis s'acheminaient joyeusement par ce venteux après-midi d'automne. Aussitôt après leur réunion dans la Caverne, ils avaient téléphoné au 78 43 54 54. C'est Pierre Fournel lui-même qui leur avait répondu. Après s'être entendus sur le jour et l'heure de leur rendez-vous, ils avaient noté l'adresse : 7, impasse Fernet, dans le cinquième arrondissement, sixième étage, au fond de la cour.

Comme ils atteignaient l'autre bout du pont, un coup de vent plus violent que les autres fit s'envoler le béret du Tondu. Il eut beau crier, courir, tendre les mains, peine perdue : son précieux couvre-chef venait de franchir la rambarde ! Se penchant au-dessus du vide, il le vit avec désespoir atteindre la surface de l'eau ! Maintenant il flottait, tout près du quai, à portée de bras... mais le temps d'arriver jusque-là, il aurait coulé !

Déjà le garçon se lamentait, quand Bistèque s'écria : « Regardez ! »

Et tout le monde de se pencher... et de voir ce brave Kafi qui, sans qu'on ait eu à le lui demander, s'était précipité de lui-même sur le quai. Il n'hésita pas : comme le béret partait à la dérive, il se jeta à l'eau malgré le froid !

Trois minutes plus tard, il était de retour, tout dégoulinant, tendant entre ses dents, à son propriétaire ravi, un couvre-chef... non moins dégoulinant !

On fêta comme il se devait son courage, et le Tondu entra dans la première boucherie pour lui acheter un morceau de choix en guise de récompense.

Peu après, comme les Six longeaient les ruelles du Vieux Lyon à la recherche de l'impasse Fernet, loin de s'être apaisé, le vent était devenu une vraie tempête. Un fleuriste rentrait en hâte ses pots de fleurs dont plusieurs avaient déjà été renversés sur le trottoir ; le patron d'un restaurant calait tant bien que mal son enseigne qui menaçait de s'envoler, et tous les commerçants dont le magasin s'ornait d'un store s'empressaient de l'enrouler avant qu'il ne soit arraché ! Il y eut même une grand-mère pour crier à sa voisine tout en accrochant ses volets :

« Rien vu de pareil depuis l'hiver 34 !

— Elle exagère un peu, la mémé ! fit remarquer Gnafron. Chaque fois qu'il tombe cinq centimètres de neige, qu'il pleut ou qu'il fait un peu plus chaud que d'habitude, il y a toujours un ancêtre qui prétend n'avoir jamais vu ça depuis sa dernière culotte courte ! »

Gnafron avait sans doute beaucoup d'humour... Quoi qu'il en soit, si cela continuait, le vent allait faire des ravages !

Heureusement pour nos amis, ils atteignirent bientôt la rue Fernet, puis l'impasse du même nom. Elle était très sombre et très étroite, mais elle avait au moins l'avantage de les tenir à l'abri.

« On ne peut pas dire que l'endroit soit très chic », ironisa le Tondu, toujours aussi rabat-joie.

Les autres protestèrent mais, à part soi, chacun pensait qu'il n'avait pas tout à fait tort. Plus ils avançaient, plus les lieux devenaient sinistres. Quand ils atteignirent l'entrée numéro 7, ils durent escalader des poubelles renversées et se boucher le nez tant cela sentait mauvais ! Pourtant aucun d'entre eux n'était d'une famille riche et les appartements de leurs parents à la Croix-Rousse n'avaient rien de luxueux. Mais ici, le quartier était carrément à l'abandon.

Ils débouchèrent dans une cour où il n'y avait pas âme qui vive. Aux fenêtres, la plupart des vitres étaient cassées et personne apparemment n'habitait derrière.

Ils levèrent les yeux vers les étages... et n'en comptèrent que cinq.

« On a pourtant bien rendez-vous au sixième ? » s'étonna Mady.

Tidou approuva avant de s'engager, le premier, dans le bâtiment du fond que Pierre Fournel leur avait indiqué.

« Pas d'erreur », dit-il, en se retournant vers ses amis.

Il désignait une petite pancarte en bas de l'escalier, avec cette inscription : RADIO-GONES, et une flèche rouge invitant à monter. Ils s'exécutèrent.

Au cinquième, l'escalier se transformait en une sorte d'échelle de meunier.

« Tout s'explique, dit Tidou. En fait de sixième étage, leur studio est aménagé dans le grenier... »

À peine posait-il le pied sur la première marche, qu'un bruit épouvantable le figea sur place.

« Ça vient du toit, dit-il en se tournant vers ses amis.

— Ça doit être la tempête, ajouta le Tondu. Pourvu que la toiture ne se soit pas envolée ! »

Mais il se tut : une voix tonitruante couvrait la sienne. Les Six eurent beau lever les yeux vers la trappe qui s'ouvrait au-dessus d'eux, rien n'était visible d'ici. En revanche, la voix virile s'était rapprochée, et ils pouvaient entendre distinctement ce qu'elle hurlait :

« C'est une honte ! une honte ! Moi, Bertrand de Gourgueval, me faire venir ici au péril de ma vie ! Une honte ! Vous entendrez parler de moi, jeune homme ! Quand je pense au travail que j'ai laissé sur ma table ce matin rien que pour vous faire l'honneur de ma présence... Ah ! mais ça ne se passera pas comme ça, croyez-moi, ça ne se passera pas comme ça ! »

Chez les Compagnons, la curiosité avait vite remplacé la stupeur, et d'un commun accord, ils s'étaient mis à monter l'un derrière l'autre l'étroit escalier à claire-voie.

Tidou le premier déboucha dans un vaste grenier. Les deux tiers de la surface étaient restés tels quels, avec des meubles poussiéreux et des choses indistinctes qui s'entassaient dans la pénombre. Seul le troisième tiers était aménagé et éclairé à la lumière électrique. Malgré son peu de connaissance en la matière, le garçon y reconnut le matériel d'un studio radiophonique rudimentaire : table ronde avec un micro central, cloison vitrée derrière laquelle se devinait une sorte de tableau de bord aux multiples boutons, deux platines tourne-disques, un gros magnétophone... Mais il ne détailla pas davantage cette installation, tout de suite accaparé par un spectacle plus haut en couleur.

Dans la partie non aménagée, se tenait un homme d'une cinquantaine d'années vêtu d'une façon ostensiblement recherchée qui contrastait avec le décor environnant. Le nez levé vers une lucarne ouverte sur le ciel gris, il continuait à tempêter. « Tempêter » était le mot exact car il faisait, à lui seul, plus de bruit que la tempête qui n'avait pas cessé de faire rage au-dessus de sa tête. Pas étonnant qu'il n'ait rien entendu de l'arrivée des

Compagnons, lesquels se tenaient maintenant au complet derrière son dos.

« Savez-vous, jeune homme, criait-il vers les nuages qui filaient sous le vent, savez-vous que j'ai refusé plusieurs invitations à la télévision nationale ? La té-lé-vi-sion NA-TIO-NALE, jeune homme ! répéta-t-il en détachant chaque précieuse syllabe. Je les ai refusées pour la bonne et simple raison que le devoir d'un créateur de mon envergure est d'être à sa table vingt-quatre heures sur vingt-quatre, et non de faire le guignol devant des caméras !

— Raison de plus pour ne pas le faire ici, le "guignol"! »

La voix qui venait de hurler ces mots était certes moins virile que celle du « créateur d'envergure », mais elle n'en eut pas moins sur celui-ci un effet immédiat : lui clouer le bec d'indignation et de stupéfaction mêlées. Cette voix appartenait à un garçon d'une vingtaine d'années. C'est du moins ce qu'estimèrent les Compagnons en voyant s'encadrer dans la lucarne un visage poupin aux joues rondes, aux yeux clairs et à la tignasse bouclée. Toujours à plat ventre sur le toit, il reprit, avant que l'autre ait pu rouvrir la bouche :

« Retournez-y à votre table, et n'en bougez plus, ça vaudra mieux pour tout le monde ! »

Enfin l'homme parvint à parler, mais ce ne fut que pour lâcher un mot, un seul :

« Oh ! »

Sur quoi, alerté par le regard du jeune homme qui venait de se poser sur nos amis, il fit volte-face et découvrit, derrière lui, avec ahurissement, six adolescents plus un chien-loup qui le dévisageaient de leurs yeux ronds.

Il parvint à retrouver assez de voix pour cracher :

« Je vois que vos complices sont arrivés ! Je vous laisse, mais vous ne perdez rien pour attendre ! »

Et, raide comme la justice, il marcha, sous les regards amusés, jusqu'à la trappe dans laquelle il s'engouffra. Puis, toujours tête haute, il commença à descendre le périlleux escalier... Haute, sa tête ne le resta, hélas ! plus très longtemps : elle disparut d'un seul coup, dans un cri de détresse, bientôt suivi d'un affreux bruit de chute !

Les Compagnons ne riaient plus. Ils se précipitèrent à son secours. Le jeune homme blond en fit autant mais à retardement puisqu'il dut tout d'abord enjamber la lucarne, ce qui, vu sa taille rondelette, ne fut pas chose facile. À peine y était-il parvenu, que les Six revenaient dans sa direction en lui faisant signe de ne pas s'inquiéter.

« Il est descendu un peu vite et il aura certainement quelques bleus, dit Tidou, mais rien de plus. Dès qu'il nous a vus, il a sauté sur ses pieds et filé sans demander son reste ! »

Le jeune homme émit un soupir de soulagement. Puis il s'avança main tendue vers Tidou :

« Pierre Fournel.

— Les Compagnons de la Croix-Rousse, déclara Tidou à son tour en désignant ses camarades d'un geste large.

— Je vous avais reconnus ! » s'exclama Pierre Fournel, tout sourire. Mais ce fut sur un ton embarrassé qu'il ajouta : « Maintenant, il va falloir que je vous explique ce qui se passe... J'espère que vous serez plus compréhensifs que M. de Gourgueval... »

Chapitre 3

Radio-Gones

Quand il eut fait asseoir ses invités, Pierre Fournel s'assit à son tour, en face d'eux, et déclara :

« Voilà... »

Mais il n'alla pas plus loin. Il se releva, nerveux, et c'est en marchant de long en large et en se tordant les mains qu'il finit par avouer :

« Je ne sais par où commencer... Enfin... autant vous le dire tout de suite : l'émission prévue avec vous n'aura pas lieu, en tout cas pas aujourd'hui. »

Les Six étaient déçus mais ils firent en sorte de ne pas le montrer. D'emblée, Pierre Fournel leur avait été sympathique et ils étaient persuadés qu'il avait de bonnes raisons d'ajourner cette émission.

« Ce n'est pas grave, dit Mady afin de le mettre à l'aise.

— Oh ! si, c'est grave ! protesta-t-il. Je n'ai pas été à la hauteur, voilà tout ! D'autant plus que dans la lettre que je vous ai envoyée, j'ai "frimé un maximum"... »

Mais l'attitude bienveillante des Compagnons

l'avait détendu. Il s'assit de nouveau et, enfin, s'expliqua :

« Depuis quelque temps, Radio-Gones bat de l'aile. Quand je vous ai écrit, ça n'allait déjà plus, mais je pensais pouvoir redresser la barre d'ici votre venue... et celle de Bertrand de Gourgueval...

— Qui est-ce, celui-là ? demanda le Tondu.

— Un écrivain. Comme vous avez pu le constater, il a une haute idée de lui-même ! Pour ma part, je ne suis pas persuadé qu'il soit le génie du siècle... Mais il est lyonnais, il a écrit des livres pour enfants, et puis j'ai un oncle journaliste qui a pu entrer en contact avec lui. Alors, je l'ai invité. Je ne prévoyais pas qu'aujourd'hui serait la journée des catastrophes ! »

Il soupira.

« Ça a commencé dès ce matin. Le garçon qui est à la technique d'habitude (il désigna les appareils derrière la cloison vitrée) m'a téléphoné qu'il avait une angine et qu'il ne pourrait pas venir. Bon, ça n'était pas drôle mais je ne me suis pas affolé. Je sais manier les appareils aussi bien que lui... et pour cause puisque c'est en grande partie moi qui les ai installés. Seulement : si je devenais technicien, il me fallait un journaliste de remplacement. Au début, nous étions une demi-douzaine, eh bien, vous me croirez si vous voudrez : pas un seul n'était libre ! Ils avaient tous de bonnes excuses pour se défiler. Radio-Gones a un gros handicap : elle n'a pas les moyens de payer ses collaborateurs. Alors vous pensez, dès les premières difficultés, le bel enthousiasme du début s'est envolé... »

Il rit amèrement :

« Hélas ! il n'y a pas que l'enthousiasme qui s'est envolé ! » Il désigna la lucarne par laquelle il était apparu tout à l'heure. « Quand vous êtes arrivés, j'étais en train de récupérer l'antenne qui avait été arrachée par le vent ! Vous voyez : c'est plutôt comique ! Malheureusement, maître de Gourgueval n'a pas le sens de l'humour, vous l'avez entendu !

— Mais, même si l'antenne était restée à sa place, intervint Tidou, vous n'auriez pas pu l'interviewer puisque vous étiez tout seul...

— En direct, non, bien sûr ; je me serais contenté d'enregistrer notre entretien sur magnétophone. Pour tout vous dire... »

Il hésita avant de continuer :

« ... Ça fait quinze jours que Radio-Gones n'émet plus...

— C'est donc ça ! » s'exclama la Guille.

Pierre Fournel devina ce qu'il voulait dire :

« Vous avez essayé de nous capter, et vous n'avez rien obtenu...

— On a pensé que votre émetteur était trop faible, enchaîna Tidou, et que d'autres radios libres vous couvraient. Il y en a tellement !

— C'est vrai, admit Pierre Fournel, mais ce n'est pas tant une question de puissance. On a des auditeurs à quarante kilomètres à la ronde, qui nous reçoivent parfaitement, tandis que d'autres, qui habitent place Bellecour, n'y arrivent pas. En fait, il nous faudrait ce qu'on appelle un compresseur : les autres stations ne nous brouilleraient plus... Malheureusement, ça coûte les yeux de la tête ! Enfin, de toute façon, compresseur ou pas, ça n'aurait rien changé ces deux dernières semaines... J'avais décidé d'arrêter, de faire le point, d'en profiter pour contacter de nouveaux collaborateurs éventuels. Et j'imaginais naïvement pouvoir tout remettre sur pied en quinze jours. Je dois vous l'avouer : aujourd'hui, je suis complètement découragé et à peu près décidé à abandonner... »

D'une seule voix, les Six se récrièrent : il existait certainement dans Lyon, ou les alentours, des jeunes sérieux et compétents qui ne demanderaient pas mieux que de pratiquer l'art radiophonique... Il suffisait de prospecter, peut-être de passer des petites annonces ; en tout cas, il fallait tout faire pour que cette installation, qui avait dû coûter cher, serve à quelque chose !

« De toute façon, protesta Tidou, pince-sans-rire, nous ne sortirons pas d'ici avant d'avoir fait cette interview ! »

Et, reprenant le ton outragé et pontifiant de Bertrand de Gourgueval, Gnafron renchérit :

« Moi, Gnafron, me faire monter cet escalier au péril de ma vie, et tout ça pour des prunes ! N'y comptez pas, jeune homme ! Je suis ici, j'y reste ! D'ailleurs, le sieur Bistèque ici présent a un exploit à vous raconter qui, par le courage et l'héroïsme dont il témoigne, pourra servir d'exemple à tous nos jeunes auditeurs... »

Bistèque, naturellement modeste, ouvrit d'abord des yeux ronds, puis rougit, puis bafouilla... mais qu'à cela ne tienne, Pierre Fournel était déjà allé chercher un magnétophone portatif dont il lui tendit aussitôt le micro.

Alors, sans plus se faire prier, le jeune garçon commença à raconter comment il avait participé au sauvetage d'un enfant martyr adopté par d'affreux bouchers sans scrupules[1]...

---

1. Pour en savoir plus sur cette affaire, lisez *Les Six Compagnons hors la loi*, dans la même collection.

Chapitre 4

Les meilleurs amis du monde

Ce fut ainsi que les Six se succédèrent au micro de Radio-Gones, racontant chacun, avec force détails et commentaires, quelques-unes des péripéties les plus marquantes de leurs nombreuses aventures. Ils firent si bien que Pierre Fournel n'eut presque aucune question à leur poser pour obtenir plus de quatre heures d'enregistrement sans une seule interruption. Mieux : ils ne se quittèrent que parce que le soir était venu et après avoir assuré au jeune journaliste qu'ils tenaient à sa disposition encore au moins autant d'anecdotes passionnantes. Pierre Fournel leur promit de les inviter de nouveau et de diffuser leurs récits sous forme de feuilleton hebdomadaire.

« Si j'arrive à réunir une nouvelle équipe, évidemment », avait-il ajouté, avant d'affirmer avec chaleur : « Votre enthousiasme est communicatif et, sincèrement, vous m'avez redonné l'envie de repartir de zéro ! »

Les Compagnons l'avaient quitté, ravis de leur

heureuse influence et, plus encore, de s'être fait un nouvel ami. Sur ce dernier point, Kafi, moins embarrassé qu'eux par sa pudeur, dévoila sans détour le fond de son cœur à grand renfort de coups de langue et de battements de queue !

Sitôt regagnée la Croix-Rousse, les Six se séparèrent ; à regret car ils auraient volontiers commenté leur après-midi impasse Fernet durant toute la nuit ; malheureusement, l'heure du dîner avait sonné et leurs parents respectifs devaient déjà s'impatienter.

Pour ce qui est de Tidou, il étonna toute sa famille, durant le repas, par son air d'être ailleurs et ses comiques « retours sur terre » lorsque son père, sa mère ou son frère l'interpellaient :

« Pour la troisième fois, Tidou, je te demande de me passer le sel !

— Oh ! excuse-moi, papa ! »

Et il lui tendait précipitamment... la bouteille de vin !

Prétextant une journée harassante, il laissa tout le monde devant la télévision pour aller s'isoler dans sa chambre. Mais une fois au lit, pas moyen de dormir. Il tournait et retournait dans sa tête une unique idée fixe : pourquoi les Six Compagnons ne constitueraient-ils pas la nouvelle équipe de Radio-Gones ?

Plusieurs objections surgissaient immédiatement : primo, ni lui ni aucun de ses amis n'avait la moindre connaissance des techniques radiophoniques. « Bah ! c'est comme tout : ça s'apprend ! » se rétorquait-il à lui-même. Secundo, si Pierre Fournel avait été déçu par le manque de sérieux de jeunes gens de son âge, il n'était certainement pas disposé à tout recommencer avec une équipe dont l'aîné n'avait pas seize ans. « Mais, après tout, arguait de nouveau Tidou, il n'a pas caché qu'il nous trouvait sympathiques et que nous lui avions remonté le moral ! » Tertio, nous n'aurions à lui offrir, hormis le mercredi et les vacances, qu'une heure ou deux par jour. Cette dernière objection était la plus sérieuse, il ne trouvait rien à lui opposer ; bien au contraire : leur temps libre étant le plus souvent occupé à mener une enquête et à démêler quelque nouvelle énigme. Non, décidément, les Six ne se résoudraient jamais à renoncer à leur vocation d'« aventuriers » pour le métier de journaliste !

Pourtant, à peine Tidou avait-il opposé à sa rêverie ce nouvel argument, qu'il se remettait à rêver de plus belle ! Il se voyait, dans la cage vitrée, le casque sur les oreilles, en train de faire signe à Mady de parler... Et la douce voix de son amie s'élevait aussitôt. Elle s'élevait non seulement dans le studio, mais dans des dizaines et des dizaines de foyers lyonnais, leur apportant les nouvelles du jour ou leur proposant quelque jeu amusant. Et pas seulement dans des foyers lyonnais : Pierre Fournel n'avait-il pas affirmé que Radio-Gones « arrosait » un secteur d'une quarantaine de kilomètres de rayon ? Bien sûr, il y avait ce problème de brouillage nécessitant l'achat d'un « compresseur »... mais peut-être qu'en se cotisant...

Ce fut sur cette pensée qu'il s'endormit enfin. Or son rêve n'en fut pas interrompu pour autant.

Au contraire, il prit dans le sommeil un essor délirant.

Tidou se vit debout sur un toit dominant toute la ville. Une terrible tempête soufflait, faisant ployer sous elle les plus grands arbres et transformant les eaux paisibles de la Saône et du Rhône en torrents furieux. Il s'agrippait à deux mains, de toutes ses forces, à une antenne gigantesque plantée sur le faîte de ce toit. Et ceci non pas par crainte de tomber lui-même, mais pour empêcher l'antenne de s'envoler ! Enfin la tempête s'apaisait, et le garçon recevait sa récompense : sous lui, les rues, les quais, les places se remplissaient soudain d'une foule compacte qui l'acclamait comme un héros. Mais il se mettait alors à crier plus fort que les gens rassemblés :

« Taisez-vous ! N'applaudissez pas encore ! Vous n'avez pas tout vu ! »

La foule se taisait aussitôt. Après quoi, sur un signe du garçon, le reste de l'équipe le rejoignait comme par enchantement sur le toit, empoignait comme lui l'antenne à sa base, et se mettait à faire la ronde autour de ce pivot. Bientôt, un feu d'artifice multicolore jaillissait au sommet... Et qui apparaissait tout en haut, suspendu dans les airs et hurlant sous la brûlure des étincelles ? Qui gigotait des quatre membres en protestant de son génie ? Qui ? Bertrand de Gourgueval, évidemment !

En bas, la foule hurlait de rire, tapait des pieds, applaudissait.

Au même moment, à quelques pâtés de maisons de là, Mady qui, pour la même raison que Tidou, avait eu comme lui bien du mal à s'endormir, rêvait aussi. Son rêve était moins agité, plus serein, mais il avait la même cause et concernait le même sujet : elle déambulait autour de la terre, un immense bouquet de coquelicots dans les bras. Bien qu'elle en distribuât à tous les passants qu'elle croisait, le bouquet ne diminuait pas. À chacun, elle disait, en désignant la corolle de la fleur :

« Parlez, et l'on vous entendra ! »

Et, sur ces mots, le coquelicot se révélait être un micro. Le plus naturellement du monde, Mady reprenait sa distribution, convaincue, ce faisant, de mettre tous les gens de la terre en communication les uns avec les autres... et de créer ainsi, par-delà les langues diverses et les guerres, une grande chaîne de parole et d'amitié !

Un peu plus loin encore, Gnafron rêvait aussi.

C'était certainement un rêve moins poétique et beaucoup moins sérieux, mais il y était pareillement question d'antennes, de micros et de studios.

Bref, tout le monde : la Guille, Bistèque, le Tondu et même Kafi rêvèrent de radio, et se réveillèrent le lendemain, avec la même idée : pourquoi pas nous ?

Seulement, aucun n'imagina que les autres caressaient comme lui la folle ambition de proposer ses services à Pierre Fournel. Et chacun, craignant de se ridiculiser s'il avouait son secret, passa la matinée qui suivit à guetter le téléphone familial du coin de l'œil en se demandant : « J'appelle un des Six pour avoir son avis... ou je n'appelle pas ? »

Mady fut la plus courageuse et la première à se décider :

« Allô, Tidou ?... Ça va ?... Tu as bien dormi ? Je te téléphonais pour... enfin je voulais... j'ai pensé... Oh ! et puis zut, après tout ! je te dis tout ! »

Et, à peine eut-elle commencé à se confier, que le garçon l'interrompit :

« Génial ! J'ai eu la même idée !... Et moi non plus je n'osais pas... »

Bref, une heure plus tard, les Six réunis dans la Caverne constataient une fois de plus qu'ils étaient les meilleurs amis du monde. La preuve : ils avaient tous fait presque le même rêve au même moment !

L'union faisant la force, c'est en moins de dix minutes que la décision fut prise : ils allaient téléphoner sur-le-champ à Pierre Fournel... et tant pis s'ils se faisaient raccrocher au nez !

Chapitre 5

L'initiation

Non seulement Pierre Fournel ne leur raccrocha pas au nez, mais il leur donna rendez-vous au studio le jour même, à deux heures de l'après-midi.

« Ça me fait rudement plaisir de vous revoir ! » déclara-t-il avec un sourire qui fit rebondir ses joues déjà rondes et le rajeunit encore.

Si bien que Tidou, qui s'apprêtait à le vouvoyer, comme la dernière fois, eut un instant d'hésitation.

« On se dit "tu", évidemment ! trancha le jeune homme en les invitant d'un geste à s'asseoir.

— Tu as fait du rangement, depuis l'autre jour ! » reprit Tidou en regardant autour de lui.

En effet, la plupart des objets entassés dans la partie non aménagée du grenier avaient disparu, le plancher avait été balayé et les bandes magnétiques ainsi que les disques qui s'entassaient pêle-mêle un peu partout, classés méthodiquement sur des rayonnages.

« Je n'avais rien d'autre à faire ! soupira Pierre. Et puis votre visite était une bonne raison de rendre le lieu un peu plus accueillant ! Mais il y a encore beaucoup de pain sur la planche...

— Il faut bien qu'il reste du travail pour nous ! déclara Mady.

— Tu es gentille, reconnut le jeune homme, mais... je voulais vous prévenir... enfin vous mettre en garde... »

Les Six étaient sur le qui-vive. Pierre reprit :

« Votre proposition me touche beaucoup, je vous l'ai dit au téléphone. Et même si votre temps libre est limité, on pourrait certainement faire des choses très intéressantes ensemble : mieux vaut une radio qui fonctionne bien à temps partiel que des programmes vingt-quatre heures sur vingt-quatre qui se limitent le plus souvent à la diffusion de disques qu'on peut entendre partout ailleurs ! Mais... mais il faut que vous sachiez que c'est un travail ingrat. Les récompenses sont rares et les critiques plus fréquentes que les compliments. En plus, la concurrence est rude, et je ne voudrais pas vous... »

Le Tondu ne le laissa pas finir :

« Malgré nos airs gamins, dit-il en souriant, on n'est pas tombés de la dernière pluie et on sait à quoi on s'engage, tu pourras compter sur nous ! N'est-ce pas ? »

Il se tourna vers ses amis qui approuvèrent unanimement.

Pierre se déclara ravi et, pour sceller cet engagement, ouvrit, faute de champagne, une bouteille de Coca.

« À la santé de Radio-Gones ! » lancèrent en chœur les journalistes en herbe, en levant haut leurs verres.

Kafi se joignit à ce toast par des aboiements pleins d'entrain.

Sitôt les verres reposés, on décida de commencer l'initiation.

« L'endroit où l'on se trouve pour le moment, expliqua Pierre en montrant la table et son micro central, est le studio proprement dit. C'est autour de cette table que nos invités peuvent se réunir pour discuter en direct. Ici, le studio est ouvert à tout vent — si j'ose dire ! —, mais pour une meilleure qualité d'émission, il serait souhaitable de l'isoler du reste du grenier par des cloisons tapissées de liège ou de polyester...

— Il paraît que les cartons à œufs font très bien l'affaire, qu'ils donnent une très bonne acoustique, l'interrompit la Guille.

— Exact ! D'ailleurs, si un jour nous mettons des cloisons, on aura recours aux cartons à œufs, car c'est ce qui revient le moins cher...

— Je peux en apporter autant que je veux, intervint Bistèque. Mon père travaille dans une grande boucherie-charcuterie qui utilise et vend des œufs : ils ne savent pas quoi faire des emballages ! »

Puis Pierre désigna la partie vitrée :

« Ça, ça s'appelle la régie... ou encore l'aquarium. Suivez-moi. »

Il les entraîna dans l'étroite cage de verre où ils eurent du mal à tenir tous.

Une chaise était placée devant un impressionnant « tableau de bord ». Pierre expliqua :

« C'est là que se tient le technicien. Il a un casque sur les oreilles, qui lui permet d'entendre ce qui se dit de l'autre côté de la vitre, dans le studio. Il peut aussi travailler tout seul puisqu'il dispose lui-même d'un micro. Il peut par exemple annoncer les disques et les passer.

— Pourquoi est-ce qu'il y a deux tourne-disques ? demanda Mady.

— Pour enchaîner plusieurs disques sans interruption. Pendant qu'un disque est en train de passer sur la platine de droite, on "précale" l'autre sur celle de gauche : c'est-à-dire qu'on met le bras exactement au-dessus de la chanson qu'on désire passer ensuite. Juste avant que le premier morceau s'achève et que le bras se relève, on fait descendre celui de l'autre platine sur le second disque qui tournait déjà à vide. Tout ça se commande depuis la console. »

Il montra le fameux tableau de bord.

« Qu'est-ce qu'il y a comme boutons ! s'étonna Bistèque.

— On peut tout commander depuis là : le magnéto, les platines, le niveau d'enregistrement, etc. Ce ne sont pas des boutons mais des curseurs : c'est-à-dire qu'au lieu de les tourner, on les pousse d'avant en arrière, c'est plus précis.

— Il y a quelque chose qui nous a étonnés, intervint Tidou. Hier, on est venus dans le quartier et on a fait le tour du pâté de maisons pour voir l'antenne sur le toit... On a trouvé surprenant qu'une antenne aussi modeste arrose un aussi grand secteur...

— C'est que ce n'est pas cette antenne qui arrose, rectifia Pierre. Elle se contente de transmettre les ondes à un émetteur commun à plusieurs radios et beaucoup plus puissant. Si vous voulez, nous irons le voir ensemble. Il se trouve sur la colline de Fourvière.

— Et ce téléphone ? » interrogea Gnafron qui n'avait pas cessé de fouiner un peu partout.

Il désignait un appareil de modèle courant qui détonnait, par son apparence banale et familière, au milieu de cette installation sophistiquée.

Pierre expliqua :

« Il est relié à cette console, plus petite que l'autre : la console-téléphone, précisément. Il nous permet de passer directement sur l'antenne les appels téléphoniques des auditeurs. C'est le standard.

— Veuillez cesser d'appeler, chers auditeurs, lança alors Gnafron en se contorsionnant devant le micro, car le standard risque de sauter... »

Pierre soupira :

« Oui, c'est ce qui arrive à la télé, dans les émissions très populaires, quand toute la France se jette sur son téléphone pour ramener sa fraise à l'antenne. Malheureusement, ici, le "standard" n'a encore jamais sauté...

— Avec nous, il sautera, foi de Gnafron ! » promit celui-ci en... sautant au plafond.

Pierre sourit. Il était visiblement touché par tant de passion mais, tout aussi visiblement, il n'y croyait guère.

Chaque Compagnon se fit, à part soi, le serment solennel de le détromper...

Chapitre 6

Le « mauvais génie »

Jamais vacances ne furent si bien employées. Pas une minute qui ne fût consacrée à autre chose qu'à la remise sur pied de Radio-Gones. Au grand étonnement de leurs parents respectifs, les Compagnons se levèrent durant cette semaine plus tôt que lorsqu'ils allaient au lycée. Et pas besoin de les rappeler dix fois et d'aller les secouer dans leur lit. La douche était prise en un temps record et le petit déjeuner avalé d'un trait, debout dans un coin de la cuisine, l'œil fixé sur la pendule par crainte de manquer l'heure du rendez-vous quotidien impasse Fernet.

On s'employa d'abord à parachever le travail de nettoyage et de rangement entrepris par Pierre. Et ceci non seulement dans le grenier proprement dit, mais dans l'escalier qui y menait, dans la cour et jusqu'à l'entrée de l'immeuble que l'on débarrassa des poubelles inutiles et puantes. On termina en clouant, sur la porte qui donnait sur la rue, un superbe écriteau multicolore annonçant avec humour :

RADIO-GONES
6e étage
La radio... qui monte !

Et, de fait, on monta sur le toit pour consolider au mieux l'antenne que Pierre n'avait fait que réparer provisoirement le jour de la tempête.

Un matin, Bistèque apporta non seulement les cartons à œufs promis mais, dans une remorque accrochée à sa mobylette, de quoi commencer la construction de cloisons destinées à isoler le studio du reste du grenier. Il fit courageusement cinq aller-retour entre l'impasse Fernet et l'entreprise de menuiserie où travaillait un de ses cousins. Le soir même, les trois cloisons étaient debout !

Cependant, tandis que les uns clouaient, sciaient, ajustaient, les autres (les intellectuels de la bande... ou les plus maladroits, comme on voudra), plus particulièrement Mady et la Guille, se creusaient les méninges pour trouver des idées originales d'émissions. Pierre allait d'un groupe à l'autre, prêtant tantôt main-forte aux travailleurs manuels, tantôt apportant suggestions ou critiques aux projets des autres.

Tout allait trop bien, et le quatrième jour débuta par un incident qui attrista tout le monde. Tidou, le premier arrivé ce matin-là, trouva le bel écriteau par terre, au milieu du trottoir. Avant de l'arracher, le vandale l'avait complété, au feutre rouge, par cette astuce qui ne fit rire personne :

« Des gamins du quartier ! » soupira Pierre.

On remit un nouvel écriteau et l'on n'y pensa plus.

Mais l'après-midi du même jour, au studio, le téléphone sonna. Mady, qui se trouvait à proximité de l'appareil, décrocha. Les garçons, à qui elle faisait signe d'approcher, la virent qui changeait de couleur. Quand Pierre prit l'écouteur qu'elle lui tendait, trop tard : à l'autre bout du fil, on avait raccroché.

« Qu'est-ce que c'était ? s'inquiéta Pierre.

— Le “mauvais génie”, c'est comme ça qu'il s'est présenté. Une voix masculine, je crois, mais assez indistincte, celle de quelqu'un qui parlerait à travers un chiffon...

— Le coup classique ! dit Tidou qui les avait rejoints entre-temps. Et qu'est-ce qu'il t'a dit ? »

Mady fit un effort pour restituer mot pour mot les propos de son mystérieux correspondant :

« C'est le mauvais génie qui vous parle. Attention ! si Radio-Gones monte un peu trop, il n'y a pas que la pancarte qui risque de descendre...

— Des menaces ! s'exclama Pierre. Avant même d'avoir commencé ! Radio-Gones a déjà fait bien des jaloux, mais ça n'a jamais été jusque-là ! À moins que... »

Il s'interrompit.

« Que quoi ? demanda Tidou.

— Ne le prenez pas mal, commença le jeune homme en s'adressant à toute l'équipe, mais je suppose qu'après toutes vos enquêtes, après tous les coups de filet qui s'en sont suivis... je suppose que vous avez dû vous faire quelques ennemis, et que c'est peut-être à vous que ce type en veut, et non pas à la radio proprement dite...

— Peut-être, admit Tidou. Mais ce serait la première fois qu'on nous ferait le coup !

— Pour la simple raison, enchaîna le Tondu, que les ennemis en question sont tous sous les verrous ! »

Un silence perplexe s'installa.

Ce fut Gnafron qui le rompit :

« Une chose est sûre : c'est que le vandale de ce matin et le type du téléphone ne font qu'un. Ce ne sont pas des gamins du quartier qui ont saccagé notre pancarte...

— Apparemment, dit Tidou... apparemment seulement, car si le type en question rôde dans les parages, il a très bien pu voir comme nous l'écriteau qui traînait sur le trottoir et s'en inspirer pour son coup de fil... afin de brouiller les pistes ! » Il se tut un instant, puis, à brûle-pourpoint, demanda :

« Où est-il ?

— Qui ça ?

— L'écriteau ! »

Bistèque serra les poings d'énervement.

« À la poubelle ! avoua-t-il. C'est moi qui l'ai jeté.

— Il faut absolument le récupérer ! dit Tidou. Que le vandale ait quelque chose à voir ou pas avec le correspondant anonyme, c'est le seul élément concret dont nous disposons. S'il ne nous dit rien à nous, il dira peut-être quelque chose à Kafi... »

Le chien approuva en frottant son museau sur la cuisse de son maître.

Déjà Bistèque descendait l'escalier quatre à quatre. Trois minutes plus tard, il remontait avec « la pièce à conviction ».

« Un coup de pot ! dit-il, il était toujours là. »

Quand il le mit sous le nez de Kafi, le chien s'en détourna en faisant la grimace.

Tidou s'en saisit et le renifla à son tour.

« Pas étonnant ! s'exclama-t-il. Il empeste l'encre ! Avec ça, on n'ira pas loin : tous les crayons-feutres dégagent la même odeur. »

Découragé, il le posa sur la table à côté de lui.

C'est alors que, à la stupéfaction générale, le téléphone se remit à sonner !

Tidou qui, cette fois, en était le plus proche, tendit une main vers l'appareil en interrogeant Pierre du regard.

« Attends ! » souffla celui-ci. Et il courut chercher un magnétophone portatif.

Il se hâta de le mettre en marche après en avoir rapproché le micro de l'écouteur du téléphone, qui sonnait toujours...

Il décrocha le combiné à la cinquième sonnerie.

Tout le monde faisait cercle autour de lui, le souffle suspendu...

Chapitre 7

Le coup d'envoi

« Allô, Marcel ? »

Tous entendirent distinctement ces mots, tant la femme qui était à l'autre bout du fil hurlait fort. Elle était apparemment dans une colère terrible et ne laissa pas à Pierre une seconde pour lui dire qu'elle s'était certainement trompée de numéro et qu'il ne s'appelait pas Marcel. Elle vida d'une seule traite tout ce qu'elle avait sur le cœur, loin de se douter qu'un magnétophone était en train d'immortaliser ses pathétiques propos...

« Si tu crois que tu vas t'en tirer comme ça, tu te mets le doigt dans l'œil jusqu'au coude ! Tu m'entends, Marcel ? Jusqu'au coude ! Fini le temps où les femmes s'aplatissaient devant leurs tyrans de maris, fini ! Personne ne m'oblige à laver tes chaussettes, Marcel ! Ni à te mitonner de bons petits plats pendant que tu te la coules douce ! Finis les épinards à la crème et les poires Belle-Hélène ! Tu peux aller te faire cuire un œuf... si tu en es capable ! Ah ! quand je pense à tes promesses du temps de nos fiançailles, toutes ces paroles en l'air ! Je me suis bien fait avoir ! "Ma p'tite Germaine par-ci, ma p'tite Germaine par-là !"... tu sais ce que tu es, Marcel ? tu le sais ? »

Le flot de paroles s'interrompit brusquement : Germaine attendait une réponse — pas celle que Pierre lui donna, toutefois, on s'en doute...

« Non, je ne sais pas, madame... pour la bonne raison que je ne suis pas Marcel. Je m'appelle Pierre, et je ne vous connais pas. Vous avez dû vous tromper en composant le numéro de...

— Comment ! »

Alors, au lieu des plates excuses que Pierre s'attendait à recevoir suite à cette erreur, il dut essuyer une tempête verbale encore plus violente que la première... comme si la furibonde Germaine avait décidé de lui faire payer, à lui garçon innocent, non seulement les torts de son mari mais ceux de tous les hommes de la terre !

« Vous n'êtes pas Marcel et vous ne m'avez rien dit ! Ah ! je reconnais bien là la goujaterie des hommes ! Toujours prêts à nous humilier, nous autres pauvres femmes sans défense ! Vous savez ce que vous êtes, monsieur ? un insolent ! un malappris ! un malhonnête ! un grossier personnage ! Ah ! j'aurais honte à votre place ! Ce que vous avez fait... ce que vous avez fait, monsieur, c'est pire que d'écouter aux portes ou regarder par le trou d'une serrure, cent fois pire ! Je plains votre femme, monsieur, je la plains de tout mon cœur ! Et vous savez ce que je vous dis ? vous le savez ?... »

Redoutant le pire, Pierre préféra ne pas le savoir, et raccrocha.

Gnafron, que ce « spectacle » avait beaucoup diverti, fut le premier à déplorer sa brutale interruption. Aussi proposa-t-il, encore secoué de rires, en désignant le magnétophone que Pierre venait d'arrêter :

« On se le repasse ? »

Hélas pour lui, tout le monde estima que, pour l'instant, on avait mieux à faire. N'empêche : cet épisode avait considérablement détendu l'atmosphère, et l'on décida d'oublier le coup de fil anonyme et la pancarte saccagée pour se remettre d'arrache-pied au travail.

À la fin des vacances de Toussaint, Radio-Gones était prête à émettre de nouveau. Non seulement sur le plan technique, mais aussi sur celui des programmes.

La première émission eut lieu le mercredi qui suivit la rentrée. Elle avait été précédée d'une « campagne publicitaire » consistant en distributions de tracts à travers Lyon, en collage d'affichettes et, pour finir, en un appel tonitruant lancé par toute la ville depuis la vieille Simca de Pierre, transformée pour l'occasion en voiture-haut-parleur :

« Radio-Gones, annonçait tour à tour chacun des Compagnons tandis que Pierre conduisait, vous donne rendez-vous mercredi 10 à dix heures sur 98 point 3 ! À bientôt, tous à l'écoute de Radio-Gones ! »

Puis la Guille ponctuait ces mots d'une petite musique guillerette composée pour l'occasion sur son harmonica, car toute radio qui se respecte, avait expliqué Pierre, doit avoir son « jingle » : autrement dit, un indicatif sonore suffisamment court et frappant pour être retenu dès la première écoute.

Ce fut donc le jingle de la Guille qui, en ce mercredi 10 novembre, ouvrit le feu sur les ondes lyonnaises.

Il fut suivi par la voix émue de Mady qui annonça :

« Bonjour ! Radio-Gones est heureuse de vous faire part de sa renaissance, et comme son souci le plus pressé est de connaître ses auditeurs, elle vous propose de l'appeler dès maintenant au 78 43 54 54. Les dix premiers à nous téléphoner recevront un disque en cadeau de bienvenue ! »

Sur quoi, elle avait relevé les yeux vers Pierre qui se tenait dans l'« aquarium », casque sur la tête, et n'attendait que ce signal pour « balancer » un morceau de musique qui permettrait à tous de souffler après ce premier exploit.

Dès que le micro fut coupé et que le disque commença, un cri unanime s'éleva dans le studio, suivi d'applaudissements :

« Bravo ! »

Si les garçons étaient émus, Mady, qui s'était jetée à l'eau la première, ruisselait de sueur. Mais c'est le premier pas qui coûte et, une heure plus tard, tout se passait comme si nos journalistes en herbe avaient fait de la radio toute leur vie.

Une chose, entre autres, les aida à surmonter leur trac : avant midi, ils avaient déjà reçu les dix coups de téléphone attendus. Bien sûr, ils n'étaient pas riches et cela leur coûterait dix disques, mais ils auraient sans hésiter donné trois fois plus pour la joie indicible de se savoir écoutés dès le premier jour !

Le Tondu, qui était au « standard », prit sur lui de ne parler à personne du onzième coup de fil qu'il reçut : un appel revendiqué par le « mauvais génie », et se réduisant à ces mots :

« Rira bien qui rira le dernier... »

Le garçon ne voulut pas gâcher cette première journée et lorsque Gnafron lui reprocha sa « grise mine » habituelle, il eut le courage de ne pas en révéler la vraie cause, au risque de passer pour plus morose qu'il ne l'était naturellement. Bravo, le Tondu !

Chapitre 8

La gloire

La diffusion des émissions sur Radio-Gones prit bientôt son rythme de croisière. En semaine scolaire, une heure de direct, le soir, de 18 heures 30 à 19 heures 30. Deux autres heures, de midi et demi à 13 heures 30 et de 19 heures 30 à 20 heures 30, étaient assurées par Pierre seul et se composaient pour l'essentiel d'un programme enregistré à l'avance — le morceau de choix étant le récit à épisodes des aventures les plus marquantes des Six.

Le samedi et le dimanche étaient des jours privilégiés, avec cinq heures de direct au total, mais LE jour de Radio-Gones était évidemment le mercredi. L'équipe au complet occupait le studio durant tout l'après-midi.

L'organisation était très souple et les rôles interchangeables mais, en gros, ils se répartissaient ainsi :

Mady, qui avait le contact facile et du charme à revendre, et le Tondu, qui ne manquait ni d'aplomb ni d'esprit d'à-propos, unissaient leurs talents pour de passionnantes tables rondes au cours desquelles on débattait de problèmes aussi divers que la sauvegarde de la nature, les relations parents-enfants, la recherche d'un job pour les vacances ou... l'existence de Dieu !

En plus des deux animateurs, cette émission rassemblait en général trois ou quatre auditeurs invités, sans compter les fréquentes interventions téléphoniques.

Mady avait aussi en charge une émission, plus simple et plus décontractée, en compagnie de Bistèque, la fine gueule de l'équipe, au cours de laquelle tous deux donnaient à l'antenne des recettes de cuisine qu'ils avaient eux-mêmes expérimentées ou d'autres que leur communiquaient des auditeurs. Un jour, Mady parvint à faire venir en direct une invitée de marque experte en la matière : sa propre mère ! Laquelle des deux fut la plus émue ? Difficile à dire... Mais l'émission connut un vif succès.

Gnafron était responsable d'une rubrique « humour » qu'il composait à sa guise et selon l'humeur du moment. Un jour, il improvisait une imitation radiophonique d'un personnage célèbre, un autre, il se contentait de raconter des histoires drôles entendues ici ou là, un autre encore, il proposait un jeu le plus souvent délirant et dont le vainqueur remportait un cadeau non moins extravagant.

Il organisa, par exemple, un concours de chant... mais dont le lauréat fut celui qui chanta le plus faux. Lequel reçut en récompense, comme de juste : un faux billet de cinq cents francs, un faux col (réchappé du grand déblayage du grenier), un faux jeton (de téléphone) et un faucon (du moins la photo de cet oiseau rare). Cette dernière astuce fut jugée vulgaire par certains, qui n'eurent peut-être pas tout à fait tort. Mais Gnafron faisait rire, et son « taux d'écoute » grimpa au plafond.

Tidou proposait une émission sur la vie des animaux, dans laquelle Kafi avait son « mot » à dire, du moins au cours du générique qui se composait d'un harmonieux montage de ses aboiements les plus variés.

Le brave chien apporta également son concours... au « journal parlé » assuré alternativement par Tidou, Bistèque et Pierre. Là encore ce sont ses aboiements qui furent mis à contribution pour l'établissement de ce qu'on appelle, en terme de métier, les « virgules » : de brèves ponctuations, ordinairement musicales, qui séparent et scandent les informations successives. Ce qui donnait, par exemple :

« Arrivée ce matin du président de la République à Bruxelles. WOUAH ! WOUAH ! Conséquence des dernières pluies : le Rhône et la Saône ont encore monté. WOUAH ! WOUAH ! Une nouvelle ligne de métro à Lyon l'année prochaine. WOUAH ! WOUAH ! WOUAH ! »

Tidou eut l'idée de joindre Corget, ex-compagnon exilé à Toulouse à la suite du déménagement de ses parents, et qu'on n'avait plus revu depuis son intervention décisive dans la troublante énigme de la « Télémagie ». Corget devint donc pour Radio-Gones « notre envoyé spécial à Toulouse ».

Tidou assura également, assisté de Bistèque et

du Tondu, une rubrique « Système D » qu'ils nourrirent autant de leurs propres astuces que de celles de leurs auditeurs : comment reconnaître au bruit (enregistrements à l'appui) la nature d'une panne de mobylette ; comment composer un programme informatique ; comment protéger les disques de l'usure ; ou encore... comment annoncer le plus diplomatiquement possible à ses parents (et éviter ainsi leurs foudres) que l'on va devoir redoubler sa classe !

Quant à la Guille, ses talents artistiques et littéraires le désignèrent d'emblée comme animateur d'une émission sur les arts et les livres. Modeste, il ne prétendit pas rivaliser avec Bernard Pivot et encore moins solliciter la participation de grosses têtes plus ou moins vides. Donc pas de Bertrand de Gourgueval et autres génies méconnus, au générique de « Arts en Fêtes » ; mais, plus simplement, des filles et des garçons désireux de parler de livres, de films, de disques ou de peintures qui les passionnent ; ou mieux : des garçons et des filles qui eux-mêmes écrivaient, peignaient, filmaient ou jouaient d'un instrument de musique.

C'est ainsi que la Guille fit venir de Villefranche Sébastien, un de ses cousins, qui depuis toujours écrivait des poèmes. Il les lut à l'antenne, ce qui fut très apprécié. Passionné par l'expérience, il profita des vacances de Noël pour rester trois jours et trois nuits chez la Guille dont, faute de place, il partagea la chambre et le lit. Il confirma les dires de Pierre en assurant que Radio-Gones était parfaitement reçue à Villefranche, c'est-à-dire à quelque trente kilomètres de l'émetteur.

La Guille compléta son émission par un feuilleton de son cru qui eut bientôt autant de succès que les plaisanteries radiophoniques de Gnafron. Cela s'intitulait : *Du Rififi dans les Étoiles* et racontait les aventures extra-terrestres d'un jeune garçon (Plum'douce) qui, pour ne pas abandonner son chien requis par des savants en vue d'une expérimentation spatiale, s'embarque clandestinement avec lui dans une fusée lancée à travers la galaxie...

La Guille rédigeait son feuilleton au jour le jour, sans savoir la veille ce qu'il imaginerait le lendemain. L'enregistrement, auquel tous participaient en tant que comédiens, bruiteurs ou techniciens, se faisait souvent avec plusieurs jours de décalage et en réunissant deux ou trois épisodes déjà écrits. D'abord diffusé entre 12 heures 30 et 12 heures 45, il eut bientôt droit, vu son succès, à la « tranche d'heure » de la plus grande écoute : 20 heures 30-20 heures 45. C'est ainsi qu'on vit des auditeurs sacrifier pour lui le début du sacro-saint film de 20 heures 30 à la télévision !

Pierre pestait :

« Si seulement nous pouvions nous payer ce fameux compresseur et que tous les Lyonnais aient la possibilité de nous écouter, ton feuilleton ferait un tabac, la Guille ! »

Il va sans dire que Pierre était le plus ravi de tous. Le pari qu'il n'avait pas réussi à tenir avec une équipe d'adultes était remporté haut la main par une troupe d'adolescents encore sur les bancs de l'école ! aussi accepta-t-il avec enthousiasme la proposition qu'un auditeur fit de remplacer l'appellation un peu vieillotte de Radio-Gones par celle, plus « branchée », de Radio 6. Ce n'était que justice !

Chapitre 9

La rançon de la gloire

La nouvelle dénomination de la radio fut l'occasion d'une deuxième « campagne publicitaire » et d'une deuxième déambulation tonitruante de la vieille Simca déglinguée à travers la ville :

« Pour fêter la nouvelle année, WOUAH ! WOUAH ! Radio-Gones change de nom, WOUAH ! WOUAH ! Sur 98 point 3, écoutez désormais : RADIO 6 ! WOUAH ! WOUAH ! WOUAH ! ! ! »

Cette fois, malgré le mauvais temps, la neige et les trottoirs glissants, nombreux furent les fans des Six à les acclamer à leur passage. Parmi eux, un grand-père lança même, d'une voix chevrotante :

« *Du Rififi dans les Étoiles* : rien entendu de mieux à la T.S.F.[1] depuis *La Famille Duraton*[2] ! »

Après la seconde naissance de Radio-Gones, c'était donc son second baptême. Les Compagnons

1. La T.S.F. : télégraphie sans fil, nom donné autrefois à la radio.
2. *La Famille Duraton :* feuilleton radiophonique du soir, très populaire en France à la fin des années cinquante.

décidèrent de fêter l'événement entre eux en même temps que le réveillon de la Saint-Sylvestre.

Au sapin de Noël trônant déjà au milieu du grenier, ils ajoutèrent guirlandes, étoiles, couronnes et serpentins ; ils s'enregistrèrent un programme musical de choix, dressèrent un appétissant buffet, et chacun fit en cachette des autres l'emplette des cadeaux les plus variés.

Hélas ! le 31 décembre précisément, un nouveau mauvais tour vint leur rappeler bien mal à propos qu'ils n'avaient pas que des amis. En arrivant impasse Fernet, ils trouvèrent leur nouvelle pancarte arrachée, comme la première. Elle gisait dans la neige, mais rien n'avait été ajouté au « RADIO 6, la fréquence la mieux fréquentée ». Cette fois, c'est sur la porte elle-même que le feutre rouge avait laissé ces mots :

**RIRA BIEN
QUI RIRA LE
DERNIER...**

« Il n'a pas beaucoup d'imagination ! laissa échapper le Tondu.

— Pourquoi tu dis ça ? » s'étonnèrent ses amis.

Il se troubla. Et la seconde d'après, il cédait devant leur insistance pour leur avouer qu'il avait reçu un coup de fil du « mauvais génie » utilisant la même formule...

Qu'à cela ne tienne : il en fallait plus pour saper

le moral de la joyeuse équipe et lui gâcher une soirée de réveillon aussi exceptionnelle.

« Après tout, fit pertinemment remarquer Tidou, l'essentiel c'est que, depuis deux mois que ça dure, il n'a toujours pas mis ses menaces en pratique ! »

Paroles fatales ! Moins de quatre heures plus tard, alors qu'ils venaient d'ouvrir l'antenne pour la première fois de la journée afin de souhaiter leur Bonne Année en direct, et que Pierre croyait « balancer » un enregistrement musical de circonstance, les Compagnons restèrent pétrifiés en entendant :

« Allô, Marcel ! si tu crois que tu vas t'en tirer comme ça, tu te mets le doigt dans l'œil jusqu'au coude !

— Eh bien, Pierre, plaisanta Gnafron quand on eut coupé les micros en catastrophe, tu as trop bu, ou quoi ? »

Malheureusement, il s'avéra, après vérification, que la bonne humeur de Pierre n'était pour rien dans cette erreur : toutes les cassettes avaient été changées de boîtes, les disques changés de pochettes et les « conducteurs[1] », préparés pour le lendemain, ignominieusement barbouillés de feutre rouge ! Les Compagnons étaient encore en train de mesurer l'ampleur des dégâts quand Kafi attira brusquement leur attention : il tenait quelque chose de sombre et de mou entre ses dents...

Tidou s'approcha.

---

1. Conducteur : notes écrites qu'utilisent les journalistes à la radio comme aide-mémoire lorsqu'ils doivent parler en direct.

« Un gant de laine noir ! déclara-t-il. Il n'est à aucun d'entre nous ? »

Tous firent signe que non.

« Alors, conclut le garçon, ça ne peut être qu'un oubli du "mauvais génie"! Cette fois, c'est exactement le genre de pièce à conviction qui convient à Kafi : bourrée d'odeurs. »

Sur ces mots, il fit mine de s'enivrer des parfums émanant de ce gant.

Pierre déclara alors :

« N'en faisons pas un drame. Tout ça ressemble à des plaisanteries de gamin... Un gamin qui réussit à s'introduire ici en notre absence, c'est vrai, mais un gamin quand même ! Ses tours ne sont pas très méchants et, surtout, n'importe quel malfaiteur un peu expérimenté n'aurait pas commis une erreur aussi bête que d'oublier son gant ! Non, vraiment, conclut-il en se forçant à sourire, il n'y a pas de quoi mal commencer l'année !

— Sauf si la fameuse Germaine décide de nous traîner en justice parce qu'elle a reconnu sa voix sur nos ondes ! » intervint Gnafron, sarcastique.

Mais tout le monde décida d'en rire et de finir le réveillon comme si de rien n'était. Comment, en effet, nos amis auraient-ils pu imaginer que, dès le surlendemain (même si « Germaine » n'y était pour rien), la plaisanterie du petit brun prendrait rétrospectivement les sombres couleurs de la prémonition ?

Chapitre 10

Le revenant

Après un Jour de l'An chômé, hormis une heure passée à remettre en ordre disques et cassettes, les Compagnons décidèrent de profiter de la semaine de vacances qu'il leur restait pour offrir à leurs auditeurs un programme plus complet. Ils se retrouvèrent donc tous au studio dès le 2 janvier au matin. Ils avaient une deuxième raison de ne manquer ce rendez-vous à aucun prix : leur désir de se pencher de plus près sur le gant de laine découvert par Kafi et d'élucider au plus vite l'énigme du « mauvais génie ». Or un coup de fil survint qui bouleversa l'ordre de leurs préoccupations.

C'est Bistèque qui le reçut.

« On demande à parler au "responsable de la station", dit-il en bouchant le combiné avec sa main.

— Pierre ? s'étonna Tidou à distance. Tu vois bien qu'il est en direct. Dis qu'il n'est pas libre pour le moment. C'est de la part de qui ? »

Bistèque transmit la question à son correspondant. C'est alors que tous, excepté Pierre et Mady qui se trouvaient dans l'« aquarium », le virent devenir blême.

Comme ses amis s'approchaient pour en savoir plus, il boucha de nouveau le combiné et, d'une voix blanche, déclara :

« Bertrand de Gourgueval. »

Il avait dit ces mots en regardant la Guille. Il ajouta :

« "Qu'à cela ne tienne, M. la Guille fera encore mieux l'affaire" : c'est ce qu'il vient de me dire. Il a l'air furieux... »

La Guille écarquilla les yeux.

Bistèque fit un signe d'impuissance et lui tendit le combiné. Le garçon s'approcha et s'en saisit.

Ce qu'il entendit dès qu'il se fut présenté, ses camarades, pressés autour du téléphone, l'entendirent en même temps que lui :

« Bonjour, monsieur la Guille ! Je pensais pouvoir parler à votre... "patron" (nuance ironique dans le ton). Mais... s'il est occupé... ce n'est pas plus mal puisque l'objet de mon appel vous concerne au premier chef...

— Moi ? bredouilla le garçon.

— Vous êtes bien l'auteur de ce feuilleton fameux intitulé... *Du Rififi dans les Étoiles* ? »

Il avait dit ces mots avec mépris, du bout des lèvres, comme s'ils risquaient de les lui salir.

« Heu... oui, répondit la Guille, c'est bien moi. »

Sur ce, l'écrivain partit d'un rire énorme, un rire forcé, mauvais, effrayant. Il feignit d'avoir beaucoup de mal à reprendre son sérieux pour ajouter :

« Vous ne manquez pas d'aplomb, jeune homme. Nous verrons s'il en sera de même cet après-midi...

— Cet après-midi ? »

La voix devint mielleuse :

« Vous aurez bien quelques instants à m'accorder... disons... 15 heures. Cela vous va ? 15 heures à vos "studios" : je connais le chemin ! »

La Guille interrogea ses amis du regard. Tidou lui fit signe d'accepter : plus vite ils sauraient, mieux cela vaudrait. La Guille était du même avis : il accepta. Il allait raccrocher quand Gourgueval reprit :

« Ah ! j'oubliais ! Je ne serai pas seul... »

Il attendit un instant, désireux de ménager son effet, avant de lâcher comme si de rien n'était :

« Je viendrai avec mon avocat. À cet après-midi, monsieur la Guille ! »

Il raccrocha.

Au même instant, Pierre et Mady ressortirent de l'« aquarium ». En voyant les têtes ahuries de leurs camarades, ils comprirent tout de suite que quelque chose de grave venait de se passer.

Quand Tidou les eut mis au courant, la Guille soupira :

« Je ne vois vraiment pas ce qu'il peut avoir à reprocher à mon feuilleton !... Son avocat !... Non, vraiment, je... »

Mady l'interrompit :

« Vous croyez que le "mauvais génie" et lui...

— Aucun rapport ! coupa Pierre. Gourgueval est une fine mouche, il n'est pas tombé de la dernière pluie et, même s'il est loin d'être célèbre, c'est un Monsieur. La preuve : il a un avocat à sa disposition. Ce n'est sûrement pas le genre de personnage à s'amuser à arracher nos pancartes, à semer la pagaille dans nos disques ou à laisser traîner ses gants. D'ailleurs... des gants en tricot, ça n'est pas du tout son genre. Non, croyez-moi : à côté de lui, le "mauvais génie" est un rigolo !

— Tu as l'air bien sûr de toi, fit remarquer le Tondu. On dirait que tu as quelque chose derrière la tête... »

Visiblement, c'était aussi l'avis de ses camarades. Comme lui, ils avaient tous eu la très nette impression que Pierre s'était tu à regret, qu'il avait été à deux doigts d'en dire davantage.

Maintenant, tous le fixaient. Et, sous ces regards, le jeune homme semblait à la torture. Il ne résista pas longtemps.

« Je ne voulais pas en parler, soupira-t-il, mais... depuis le début, et surtout depuis que le "mauvais génie" s'est introduit sans effraction ici, j'ai mon idée en ce qui le concerne... »

Les yeux de Tidou s'allumèrent :

« Dis-la. Moi aussi, je l'ai eue cette idée...

— Un ancien de Radio-Gones, avoua Pierre. Ou plusieurs... »

Il se tut pour demander du regard à Tidou : « C'était bien aussi ce que tu pensais ? » Tidou approuva silencieusement.

À chaque nouvelle parole qu'ils entendaient, les autres affichaient des mines de plus en plus incrédules. Pierre précisa, en s'adressant à eux :

« Je sais que parmi ceux de mon ancienne

équipe, il y en a quelques-uns qui n'ont pas digéré de voir Radio-Gones redémarrer en se passant de leurs services.

— C'est pourtant eux qui t'ont laissé tomber, remarqua la Guille, tu ne les as pas mis à la porte !

— Oh ! non ! Mais c'est comme ça. Non seulement incapables et lâcheurs... mais jaloux ! Je suis écœuré ! »

Pierre se tourna vers Tidou :

« Qu'est-ce qui t'a mis la puce à l'oreille ?

— La même chose que ce qui a confirmé tes soupçons : pour entrer ici sans défoncer la porte, il fallait que le visiteur ait un double des clefs.

— Et pourquoi tu ne m'as rien dit ? »

Tidou baissa la tête.

« Je me doutais bien que tu avais tout deviné et que tu étais le premier embêté ! »

Pierre ne dit pas explicitement merci, mais, à son regard, tout le monde comprit qu'il appréciait la délicatesse de Tidou. Il ajouta :

« Si le "mauvais génie" s'en tient là, et si vous êtes d'accord, j'aimerais mieux ne pas chercher à en savoir plus. Je suis sûr que c'est l'un de mes cinq anciens copains... mais lequel ?... Je n'aimerais pas que ceux qui n'y sont pour rien apprennent que je les ai soupçonnés. Bien sûr, s'il recommence, c'est différent ; sinon... Vous me comprenez ?

— Évidemment ! » dit Tidou.

Et la Guille renchérit :

« Ce ne sont que des plaisanteries de mauvais

goût. Pour le moment, celle de Gourgueval est nettement plus préoccupante ! »

Il regarda sa montre.

« Quand je pense qu'il va falloir attendre presque cinq heures avant d'en savoir plus !... »

Chapitre 11

Le terrible verdict

À quinze heures pile, des pas pesants firent gémir les marches de bois. Pesants... et prudents ! pensa Gnafron. Mais il s'abstint de toute allusion humoristique aux précédents démêlés de l'écrivain avec l'escalier : même lui, si porté sur la plaisanterie d'habitude, n'avait pas envie de rire.

Pour l'occasion, on s'était privé de la compagnie de Kafi, par crainte qu'il n'exprime trop spontanément son aversion pour l'antipathique personnage. Tidou l'avait confié à son jeune frère Géo qui lui ferait prendre l'air au parc de la Tête-d'Or. Pour l'occasion également, l'équipe de Radio 6 avait remplacé le programme de l'après-midi par une bande de musique enregistrée. Si bien que, excepté Kafi, tout le monde était là, hors de l'« aquarium », lorsque Bertrand de Gourgueval fit sa seconde apparition dans le grenier.

Était-ce à cause des circonstances impressionnantes ? Toujours est-il que l'écrivain apparut à tous plus grand, plus imposant, plus redoutable que la première fois. Raidi dans sa dignité, il était coiffé d'un chapeau de feutre anthracite et vêtu d'un long pardessus noir qui s'ouvrait sur un strict costume trois-pièces. Toutefois, désireux de rappeler que, pour être respectable, il n'en était pas moins artiste, il portait en guise de cravate un petit foulard noué et de couleurs vives, du plus déplaisant effet.

Aucune fantaisie de cet ordre chez le petit homme rond qui, attaché-case à la main droite, parapluie noir dans l'autre, apparut bientôt à sa suite : chapeauté lui aussi et ligoté dans un imperméable boutonné jusqu'au menton — qu'il avait triple.

« Monsieur la Guille ! » lança l'écrivain en guise de salut.

Le garçon se détacha du groupe de ses amis pour s'avancer vers les deux hommes.

« Ah ! c'est donc vous ! » cracha Gourgueval en toisant le malheureux du haut de son mètre quatre-vingts.

Sous ce regard méprisant, la Guille eut l'horrible sensation d'être instantanément réduit à la taille d'un insecte : un seul pas en avant de l'odieux personnage, et il serait anéanti ! Il dut faire appel à tout son courage, se persuader qu'il n'avait rien à se reprocher et qu'il était ici chez lui, avec ses amis qui le soutiendraient sans réserve, pour pouvoir répliquer, la tête haute :

« C'est bien moi, en effet. Bonjour, monsieur !

— Maître ! » corrigea l'autre.

La Guille ne daigna pas relever, d'ailleurs il n'en aurait pas eu le temps : le « maître » venait de se lancer dans une de ces tirades verbeuses dont il semblait si fier :

« Je vois que la malhonnêteté n'attend pas le nombre des années ! Que d'audace ! que de bassesse ! que d'effronterie ! Après ce que vous avez fait, jeune homme, vous devriez baisser les yeux, rentrer en terre, mourir de honte ! »

Il prit à témoin son acolyte rondelet, qui approuva silencieusement. Attitude surprenante chez un avocat, il n'avait pas encore ouvert la bouche. Son mutisme sembla encourager l'écrivain à reprendre de plus belle :

« Quand je pense au succès de votre radio, de votre feuilleton, monsieur la Guille, quand je pense à ces dizaines, ces centaines de jeunes gens qui vous écoutent et qui vous croient, qui vous accordent leur confiance et que vous trompez, oui, monsieur la Guille : que vous trompez ! Quand j'y pense... j'ai honte pour vous, honte, vous entendez : HONTE !!! »

À plusieurs reprises, la Guille avait vainement tenté de placer un mot, mais, maintenant qu'il aurait pu parler, sa gorge était nouée et refusait d'émettre le moindre son. Ce fut Pierre qui, devançant Tidou, se détacha du groupe et demanda :

« Expliquez-vous, monsieur. Dites-nous clairement quel crime vous reprochez à notre ami... C'est la seule façon pour nous d'apprécier à sa juste valeur la portée de votre sermon ! »

L'écrivain allait-il exploser sous cet assaut d'ironie ? Tout, dans son expression, le laissait supposer. Au lieu de quoi, il déclara, sur un ton plus modéré :

« Même si je n'en crois rien, je veux bien faire comme si vous ignoriez tout de la supercherie de votre... collaborateur. Eh bien voici : M. La Guille, ici présent à vos côtés, a outrageusement plagié mon œuvre pour écrire son feuilleton !

— Comment ça, plagié ? » sursauta la Guille qui venait de retrouver sa voix.

Gourgueval lui jeta un coup d'œil méprisant avant d'en revenir à Pierre pour déclarer :

« Il a pillé mon œuvre, détourné mon talent, prostitué mes plus brillantes trouvailles, mes plus frappantes images, mes plus hautes pensées sur la place publique de cette radio de quatre sous !

— Maître de Gourgueval veut dire... »

Tous les yeux se tournèrent vers le petit homme rond : c'est lui, l'« avocat », qui venait de parler, comme s'il n'avait jamais cessé de le faire, d'une voix déterminée et sur un ton tranchant qui contrastaient avec la mollesse apparente de son physique.

« Il veut dire, reprit-il, que des passages entiers du texte de *Du Rififi dans les Étoiles* sont la reproduction mot pour mot de phrases, de paragraphes, voire de chapitres de son œuvre...

— Vous mentez ! »

Le cri de la Guille surprit tout le monde, ses amis les premiers. Jamais ils n'avaient vu leur « poète » dans un état pareil, jamais ils ne l'avaient entendu réagir avec une telle autorité, et ceci devant deux adultes dont l'un le dépassait d'une tête !

Parmi les Compagnons, le cri qui suivit fut unanime :

« Prouvez vos accusations !

— C'est ce que j'allais vous proposer », déclara le petit homme d'un ton encore plus calme et le sourire aux lèvres.

Il s'avança, accrocha son parapluie au dossier d'une chaise, puis posa sa mallette sur la table et l'ouvrit. Derrière lui, Gourgueval était devenu soudain aussi discret qu'il avait été envahissant tout à l'heure. Seul, un petit sourire sadique disait à quel point il savourait l'instant.

D'une main, l'avocat sortit de sa mallette trois livres, de l'autre une cassette magnétique.

La Guille et ses amis firent cercle autour de lui.

Les trois livres étaient des romans. Le premier s'intitulait : *La Malédiction du Chien sacré,* le second : *C'est du ciel que viendra la vengeance,* et le troisième, dans une collection pour enfants : *SOS, Trains-Fantômes !* Tous trois étaient signés Bertrand de Gourgueval.

« Cette cassette, expliqua l'avocat, contient un montage des passages de votre feuilleton où la supercherie est la plus évidente. Nous aurions pu en sélectionner bien d'autres, mais vous allez bientôt constater par vous-mêmes que ceux-ci suffisent amplement à confondre le prétendu auteur de ce feuilleton... »

Le « prétendu auteur » blêmissait à vue d'œil. Il ne pouvait évidemment croire un instant les propos du petit homme... Hélas ! il ne pouvait pas davantage imaginer d'issue à l'épouvantable cauchemar où il avait maintenant le sentiment de se débattre !

L'avocat introduisit la cassette dans un magnétophone de poche qu'il tira à son tour de la mallette.

« Tenez, dit-il, en tendant l'un des livres à la Guille. Pour vous faciliter le travail, nous avons eu la bonté de cocher les passages "intéressants" au feutre rouge... »

Feutre rouge : cette fois, c'en était trop ! La Guille se sentit aspiré dans un tourbillon d'où il ne pourrait à coup sûr jamais ressortir vivant !

Cependant, l'avocat poursuivait toujours aussi posément :

« Le montage de notre enregistrement est fait de telle sorte que vous puissiez suivre dans l'ordre ces passages soulignés. »

Il mit le magnétophone en marche.

Déjà la Guille avait commencé à lire, et déjà il savait que l'impossible était devenu possible : sous ses yeux exorbités, s'étalaient, noir sur blanc, ses propres phrases !

Il fit alors un ultime effort pour échapper à l'inéluctable en se disant : « Je suis si impressionné que je finis par croire tout ce qu'il me dit, et je n'ai peut-être en fait jamais écrit ces phrases... » Mais, au même instant, sa propre voix sortit du magnétophone, puis celle de Mady, puis celle du Tondu... Et toutes trois répétaient mot pour mot ce qu'il pouvait simultanément lire dans un livre dont, avant ce jour, il ignorait jusqu'au titre :

La Guille (tenant le rôle du narrateur) :

— *Il y eut alors un éclair aveuglant, et*

l'enfant se mit à crier. Mais, au même instant, le tonnerre couvrit sa voix. Un court-circuit avait dû se produire sous l'effet de la foudre car la lumière s'éteignit et la pièce fut plongée dans le noir.

Mady (dans le rôle de l'enfant) :

— *Il faut à tout prix que je sorte d'ici ! Si seulement mes parents étaient là !*

La Guille :

— *Au même instant, à quelques kilomètres de là...*

Le Tondu (dans le rôle du père) :

— *Chérie, ne trouves-tu pas que le ciel a une bien étrange couleur, cette nuit ? Mais... mais où es-tu ? où es-tu ?*

Un autre passage, et de nouveau, le texte imprimé correspondait exactement à l'épisode enregistré !

Mady (dans le rôle de la mère, cette fois) :

— *Je ferai tout, tu m'entends ? tout pour qu'il revienne sain et sauf ! Nous avons été indignes de son amour et c'est pourquoi il est parti, préférant poursuivre son rêve d'enfant au pays des enfants, plutôt que de se tourner vers nous qui n'étions pas à la hauteur !*

La Guille se rappelait amèrement avoir été particulièrement content de lui après avoir composé ce passage poignant ! Et il était là, dans le roman d'un autre !

Et le père (le Tondu) répondait :

— *Cesse de te lamenter, Jeanne. Tu sais que je pense comme toi — comment pourrais-je penser le contraire ? —, mais rien ne sert de pleurer : il faut agir ! Dès son retour en France, demain, j'irai trouver le professeur Grossgrabenkropft !*

« Grossgrabenkropft ! pensa la Guille. Un nom qui n'existe dans aucun dictionnaire, dans aucun annuaire, nulle part... nulle part ailleurs que dans mon imagination à l'instant où je l'avais inventé... et le voilà ce nom, DANS LE ROMAN D'UN AUTRE ! »

Tous les Compagnons se pressaient au-dessus du livre que la Guille feuilletait, et aucun n'en croyait ses yeux.

On passa au deuxième livre, et ce fut la même chose : des descriptions, des dialogues, même certaines analyses de sentiments étaient fidèlement reproduits sous forme radiophonique !

Tout en retournant la cassette, l'avocat fit remarquer perfidement :

« Certes je suis moins directement concerné que M. de Gourgueval, et beaucoup moins compétent que lui, mais je ne peux m'empêcher d'admirer vos talents de comédiens et d'adaptateurs... Hélas ! soupira-t-il hypocritement, ce que vous avez fait n'est précisément qu'une adaptation... et vous l'avez présenté au public pour une création originale ! Savez-vous que cela peut coûter très cher ? Savez-vous combien de droits d'auteur vous devez aujourd'hui au romancier que vous avez pillé ?

— Sans compter le préjudice moral ! intervint le romancier en question... Car si l'adaptation est effectivement astucieuse, elle n'en est pas moins totalement infidèle à l'esprit de mes romans. Aux yeux de ceux de mes lecteurs qui vous ont écoutés, vous m'avez ridiculisé, monsieur la Guille, ri-di-cu-li-sé ! Et cela n'a pas de prix !

— Ce que M. de Gourgueval veut dire, reprit l'avocat, c'est que vous avez, si j'ose m'exprimer ainsi, "lié" différents passages de son œuvre avec votre "sauce" personnelle. Nous reconnaissons plus de phrases de votre cru que de phrases plagiées... mais, loin de diminuer vos torts, voilà qui les accroît au contraire considérablement ! Vous rabaissez l'œuvre d'un véritable artiste au niveau d'une banale plaisanterie de potaches ! »

Et, pour le prouver, il passa la deuxième face de la cassette. Elle révélait en effet comment des passages, apparemment recopiés mot pour mot, prenaient un tout autre sens dans la perspective du feuilleton intitulé *Du Rififi dans les Étoiles.* Ce que l'écrivain exprima, dans un nouveau sursaut d'indignation, par cette image :

« C'est comme si vous aviez utilisé les pierres de Notre-Dame de Paris pour construire... un supermarché ! »

Les Compagnons, atterrés, ne trouvèrent rien à opposer à cette ultime accusation. Et c'est sans une protestation qu'ils reçurent, comme une balle en plein cœur, le terrible verdict :

« Vous avez quinze jours pour réunir quatre-vingt mille francs de dommages et intérêts, pour moi, plus vingt mille francs d'honoraires pour mon avocat ici présent. Soit au total cent mille francs. Cent mille francs, et tout est réglé entre nous, nous n'en parlons plus. Mais attention ! si dans quinze jours ces cent mille francs ne me sont pas parvenus, je m'en remets à la justice ! Et, dans ce cas, croyez-moi, cela vous coûtera beaucoup plus cher ! »

« BEAUCOUP PLUS CHER ! BEAUCOUP PLUS CHER ! BEAUCOUP PLUS CHER !... » Tels furent les mots que les Compagnons abasourdis entendirent résonner à l'infini dans leurs pauvres têtes, tandis que les deux diaboliques personnages disparaissaient dans l'escalier... sans même la moindre petite chute, cette fois !

Chapitre 12

La Guille réagit

Quand les Compagnons se retrouvèrent entre eux dans le grenier, personne n'osait plus ouvrir la bouche. Il s'ensuivit un silence effrayant, insupportable. Pour la Guille, une véritable torture.

Plus ce silence se prolongeait, plus le malheureux garçon le ressentait sur lui comme une pierre qui, d'un instant à l'autre, risquait de l'étouffer. S'il ne brisait pas lui-même ce silence, ou il en mourrait, ou il en deviendrait fou !

Enfin, n'y tenant plus, il s'écria :

« Mais dites quelque chose ! Dites ce que vous pensez ! N'hésitez plus, allez, dites-le ! Dites-le que vous me croyez coupable et que...

— Il ne s'agit pas de te croire coupable, l'interrompit Tidou du plus calmement qu'il put. Seulement...

— Seulement quoi ?

— Voilà ce que je pense, reprit Tidou, aussi hésitant que s'il avait dû marcher sur des œufs. Tu as lu ces romans quelque part, autrefois, il y a longtemps, et tu ne t'en souviens plus... Mais... quand il a été question d'écrire, ça t'est revenu sans même que tu t'en rendes compte...

— Tidou a raison, renchérit Mady. Les plus grands écrivains le reconnaissent : l'imagination pure, ça n'existe pas. L'imagination, c'est fait de souvenirs... qu'on a oubliés ! Des choses qu'on a vécues, et des choses qu'on a lues, et qui ressortent un beau jour alors qu'on croit les inventer !

— Quand même ! s'exclama la Guille. Si j'avais lu ces trois romans, je m'en souviendrais forcément ! et puis non, vos histoires, ça ne tient pas debout ! Je sais que je parle contre moi en disant ça, mais des passages entiers, et mot pour mot, qui ressortiraient par enchantement, rien qu'après une lecture, c'est complètement impossible ! »

L'insupportable silence menaçait de s'installer de nouveau, quand Pierre prit la parole.

« Écoute, la Guille, commença-t-il prudemment, si je te dis ça, c'est que moi-même j'ai déjà fait pas mal de bêtises, dans ma courte vie ! »

Il sourit... jaune : la Guille, sachant d'avance où il voulait en venir, le fusillait des yeux. Pourtant, il continua :

« Et quelquefois, malheureusement... les petites bêtises apparemment sans importance prennent brusquement des proportions gigantesques. C'est injuste, mais c'est ainsi. Alors, si tu as... je ne dis pas copié... mais... si tu t'es... inspiré des romans de...

— JE NE ME SUIS INSPIRÉ DE RIEN DU

TOUT ! » hurla la Guille, sur le point d'éclater en sanglots.

Alors, Pierre, comprenant qu'il était au bord de la crise de nerfs, fit marche arrière :

« Oublie ce que j'ai dit. Excuse-moi. »

Et le Tondu ajouta :

« Je ne crois pas qu'on trouvera de solution aujourd'hui. On est encore sous le choc, on a besoin de prendre du recul, de se reposer...

— C'est ça, enchaîna Pierre. Rentrez chez vous. »

Et désignant l'« aquarium » :

« Ne vous en faites pas pour les programmes, je me débrouillerai tout seul : je passerai des enregistrements. Le mieux c'est encore de dormir. Comme on dit : la nuit porte conseil ! »

Les Compagnons ne se firent pas prier. Cinq minutes plus tard, ils traversaient la Saône sur leurs mobylettes. Sur les pentes de la Croix-Rousse, ils se séparèrent sans même mettre pied à terre.

Alors qu'il arrivait chez lui, la Guille se ravisa. Il fit brusquement demi-tour et descendit à toute vitesse la rue de la Grande-Côte en direction du centre-ville.

Plus il s'en approchait, plus l'idée qu'il avait eue lui paraissait plausible. « C'est la seule solution possible, se disait-il tout en se faufilant entre les voitures, c'est donc LA solution ! » Comment n'y avaient-ils pas pensé plus tôt, tous autant qu'ils étaient ! Cela tombait sous le sens ! LA solution ! LA solution !...

Avait-il crié ces mots tout haut, ou bien faisait-il

une tête assez bizarre pour qu'on se retourne sur lui ? Toujours est-il que, au moment où il mit pied à terre rue de la République, devant la plus grande librairie de la ville, une grosse dame le montra du doigt au vieux monsieur qui l'accompagnait.

Il s'en moquait bien. Dans cinq minutes, il serait disculpé. Car voici l'idée qu'il avait eue et à laquelle il croyait maintenant dur comme fer : les trois romans que Gourgueval et son prétendu avocat leur avaient présentés N'EXISTAIENT PAS !

Non, rassurez-vous, la Guille n'était pas devenu fou. Ce qu'il voulait dire en prétendant que ces romans n'existaient pas, c'était qu'ils n'étaient dans aucune librairie, que personne ne les avait jamais lus, qu'ils avaient été spécialement fabriqués, en un exemplaire chacun, dans le seul but de l'accuser de plagiat. Autrement dit : que ce n'était pas lui qui avait copié des passages de ces romans, mais Gourgueval et son complice qui avaient reproduit de toutes pièces des épisodes de son feuilleton et les avaient fait imprimer spécialement pour l'occasion !

Il abandonna sa mobylette sur le trottoir sans même prendre le temps de la cadenasser et, bousculant les gens autour de lui, s'engouffra dans la librairie. Dans sa précipitation, il ne s'aperçut même pas qu'il avait encore son casque sur la tête ! Il fonça droit vers le rayon *Littérature française.*

« Bien sûr, se disait-il, en parcourant fébrilement les noms d'auteurs classés par ordre alphabétique... bien sûr, je vais trouver des romans signés Bertrand de Gourgueval et portant les mêmes titres que ceux qu'il nous a mis sous le nez, mais c'est leur contenu qui sera différent ! » Et tout en se répétant cela, il cherchait... et ne trouvait pas !

« Je peux vous aider ? »

Il se retourna, et découvrit une jeune vendeuse qui le regardait et se retenait visiblement de rire. Il comprit : son casque ! Il le retira en rougissant.

« Heu... oui... bredouilla-t-il... Bertrand de Gourgueval, un écrivain lyonnais... Vous avez ses livres ?

— Bien sûr, répondit la jeune fille, de plus en plus amusée. Seulement, c'est à G qu'il faut chercher, pas à D... »

Et elle lui désigna les livres en question.

« Je vous laisse regarder, dit-elle en se tournant vers un autre client qui venait de solliciter son aide.

— Merci », dit la Guille.

Déjà, il sortait du rayon deux des livres recherchés : *La Malédiction du Chien sacré* et *C'est du ciel que viendra la vengeance.* Le troisième n'y était pas, mais, en tant que livre pour enfants, il devait être rangé ailleurs. Il commença à feuilleter nerveusement l'un de ceux qu'il avait en main... et, presque aussitôt, il tomba sur un passage qui commençait ainsi :

Il y eut alors un éclair aveuglant, et l'enfant...

Il sauta quelques pages, et tomba sur cette phrase :

— Je ferai tout, tu m'entends ? tout pour qu'il revienne sain et sauf !

Il revint en arrière :

— *Chérie*, lut-il, *ne trouves-tu pas que le ciel a une bien étrange couleur, cette nuit ?*

Il feuilleta l'autre livre, et ce fut la même horrible déception : les romans en vente dans cette librairie étaient bien les mêmes que ceux qu'il avait eus sous les yeux une heure plus tôt ! À quoi bon aller vérifier cette insupportable vérité au rayon enfants, dans le troisième livre : *SOS, Trains-Fantômes* ? À quoi bon ? La Guille avait maintenant perdu tout espoir !

Mais, tout à coup, il réagit : « Pas question de s'avouer vaincu aussi vite ! » se dit-il. Et, d'un geste rageur, il replaça les livres. Puis il ressortit de la librairie presque aussi précipitamment qu'il y était entré, en se répétant comme pour s'en convaincre lui-même : « S'il a été assez malin pour faire de faux livres afin de m'accuser d'escroquerie, pourquoi n'en aurait-il pas répandu dans les librairies lyonnaises à l'insu des libraires ? Mais peut-être pas dans toutes... Et cela, il faut que je le vérifie sur-le-champ ! »

Il remit son casque, sauta sur sa mobylette et commença à pédaler pour démarrer... en vain !

« Qu'est-ce qu'elle a ? Mais qu'est-ce qu'elle a ? » répétait-il en s'acharnant sur les pédales.

Dix secondes plus tard, il constatait qu'il n'avait plus une goutte d'essence, tout simplement ! Or, ce qui en temps normal l'aurait fait rire l'accabla. Il se retrouva brusquement au comble du découragement... et sans plus la moindre envie d'aller vérifier ce qui lui paraissait désormais perdu d'avance.

Les larmes coulaient sur ses joues tandis qu'il pédalait à la recherche d'une station-service.

Chapitre 13

Expédition nocturne

« La nuit porte conseil », avait dit Pierre. Hélas ! lorsque la Guille se retrouva au fond de son lit, ce soir-là, il eut beau tourner et retourner les données du problème dans sa tête : pas l'ombre d'une solution en vue ! Il eut beau arracher rageusement les couvertures, sauter du lit, ouvrir la fenêtre et prendre à partie les étoiles, elles ne lui soufflèrent pas le moindre conseil !

D'ailleurs... il n'y avait pas d'étoiles ! Même la lune était invisible car il neigeait à gros flocons. Il s'empressa de refermer la fenêtre : l'air était glacial et il n'avait sur lui que son pyjama. « Même si la situation est désespérée, se dit-il, foi de la Guille, ce n'est pas encore cette nuit que je me laisserai mourir de froid ! »

« Ni d'inaction ! » enchaîna-t-il. Car c'était bien de ne pouvoir agir qui menaçait de le rendre fou. Conclusion logique : « Agissons, et sans perdre une minute ! »

Il sauta dans son jean, mit une chemise épaisse,

un gros pull et son anorak. Au moment d'en retirer de la poche intérieure son harmonica qu'il estimait trop encombrant, il se ravisa. Certes, il n'aurait guère l'occasion d'en jouer cette nuit mais, comme il ne s'en séparait presque jamais, le petit instrument était devenu à ses yeux une sorte de porte-bonheur, un talisman. Sa présence familière contre sa poitrine le rassurait. Ce ne serait pas un réconfort superflu pour cette expédition nocturne au cours de laquelle, pour une fois, il allait devoir agir sans ses amis !

Sur son bureau d'écolier, il prit du papier et un stylo, et écrivit, à l'intention de ses parents :

Ne vous inquiétez surtout pas. Je n'ai pas voulu gâcher votre sommeil en vous prévenant hier soir : j'ai été désigné par les 6 pour une mission dont j'ignore la durée. Aucun danger, simple routine. Je vous embrasse.

En guise de presse-papiers, il posa une paire de ciseaux en travers de la feuille.

Il tira en hâte la courtepointe sur son lit défait ; puis, écartant le rideau de la fenêtre, jeta un coup d'œil dehors : il neigeait toujours. Il vérifia la présence des clefs dans sa poche et se dirigea vers la porte, mais là, il s'arrêta.

« On ne sait jamais... » murmura-t-il pour lui. Et, revenant vers son bureau, il prit la tirelire fantaisie qui était posée dessus, l'ouvrit et en sortit plusieurs billets : toutes ses économies !

Au moment de la reposer, il s'immobilisa : un bruit en provenance du couloir ! Ses parents ne dormaient-ils pas ? Il regarda sa montre : seulement onze heures. Il avait oublié qu'il s'était enfermé dans sa chambre très tôt, vers neuf heures et demie, prétextant une journée harassante.

Il entendit le remous de la chasse d'eau, puis des pas et enfin une porte qu'on referme. La voie était libre, mais il allait devoir redoubler de prudence !

Après avoir mis l'argent en sûreté dans sa poche intérieure, contre l'harmonica, il sortit : en chaussettes et sur la pointe des pieds.

Quelques minutes plus tard, il laçait ses chaussures en bas de l'escalier, dans le hall glacé de l'immeuble.

Lorsqu'il fut dehors, il ne neigeait plus. Curieusement, l'air semblait presque doux. Pas un souffle de vent. La rue était toute blanche et très claire malgré l'absence de lune et la rareté des réverbères dans ce quartier vétuste. La neige étouffait la rumeur de la ville, et quand une voiture s'approcha dans son dos, la Guille sursauta en la découvrant si proche : il ne l'avait pas entendue ! Il faut dire qu'elle roulait au pas par crainte des dérapages.

Il marcha jusqu'à la Caverne où il récupéra un astucieux émetteur radio miniature que le Tondu avait bricolé à partir d'un talkie-walkie et qui avait déjà fait ses preuves lors de précédentes « affaires ». Il le mit dans une sacoche, la sacoche sur son épaule, et sauta sur sa mobylette.

Il dut, tout en roulant, faire très attention de ne pas glisser. Mais dès que, quittant les pentes de la Croix-Rousse, il atteignit le centre-ville, plus de danger : la neige avait fondu sous les roues des voitures. Il en retrouva un peu une fois passée la

Saône, dans les rues étroites du Vieux Lyon. Il attacha sa mobylette impasse Fernet, au poteau d'un parcmètre.

C'est après avoir traversé la cour, au moment de s'engager dans l'escalier, qu'il eut peur. Il se souvint du malaise qu'il avait eu, dans l'après-midi, en constatant que les passages soulignés dans les romans l'avaient été au feutre rouge. Raisonnablement, ça ne voulait rien dire ; il y avait des milliers de feutres rouges en circulation ; pourtant il n'avait pu s'empêcher d'y voir le signe que le « mauvais génie » et Bertrand de Gourgueval ne faisaient qu'un. Ou, s'ils ne faisaient pas qu'un, qu'ils étaient complices. Et ce qui l'effrayait maintenant, tandis qu'il commençait à gravir les marches, c'était l'idée qu'il avait peut-être pour ennemi non pas une personne, ou même deux, mais tout un réseau de « complices » bien décidés à l'attirer dans leurs filets !

Et si maintenant, alors qu'il continuait à monter... s'il était en train de se jeter dans la gueule du loup ! L'arracheur de pancartes s'était introduit ici une nuit : qui disait qu'il n'y était pas de nouveau ce soir ? lui ou un autre, ou plusieurs autres...

Il s'arrêta, leva la tête, attentif au moindre bruit pouvant venir d'en haut, au plus petit craquement : silence. Il recommença à monter, mais de plus en plus lentement, les jambes de plus en plus molles.

Enfin, il fut au pied de l'échelle de meunier : la trappe ouvrait au-dessus de sa tête son effrayant trou noir...

L'espace d'une seconde, il se vit dévalant les marches à toute vitesse et retrouvant, parmi les passants de la rue, la paix et la sécurité. Mais aussitôt sa lâcheté l'écœura, et c'est cela qui, au moment de renoncer, l'aiguillonna pour aller jusqu'au bout.

Il ne le regretta pas quand, débouchant dans le grenier, il constata en allumant que personne ne l'y attendait.

Il ne s'y attarda pas pour autant : plus vite il serait sorti de là, mieux cela vaudrait. D'ailleurs la réussite de son entreprise était peut-être une question de minutes... qui sait ?

Il se dirigea tout de suite vers l'étagère où il savait qu'était rangé le répertoire des invités de Radio 6, avec leur adresse et leur numéro de téléphone. Soucieux de ne pas répéter son erreur de la librairie, il chercha tout de suite à la lettre G : pas de Gourgueval ! Alors il en revint à tout hasard au D... et lut avec soulagement :

De Gourgueval Bertrand :
12, rue Amédée-Bonnet,
69006 Lyon.

Sans perdre une seconde, il se retourna vers le plan affiché derrière lui : la rue Amédée-Bonnet se situait, au-delà de la Saône puis du Rhône, non loin de la place Edgar-Quinet.

Dix minutes plus tard, il fonçait dans cette direction sur sa mobylette. En plus de l'émetteur, il avait maintenant dans sa sacoche un mini-magnétophone chargé d'une cassette. Il ignorait si pareil matériel lui servirait à quelque chose, mais il devait être paré pour toutes les éventualités.

Il traversa le Rhône sur le pont Lafayette, puis continua sur le cours du même nom. Une, deux, trois... il compta les rues qui s'ouvraient sur sa gauche et s'engagea dans la septième. S'il se souvenait bien, celle qu'il cherchait serait maintenant la quatrième à droite. Quelques secondes plus tard, il constatait avec satisfaction qu'il ne s'était pas trompé.

Il mit pied à terre devant le 12 de la rue Amédée-Bonnet. C'était un immeuble bourgeois, ancien, typiquement lyonnais avec ses hautes fenêtres dont les vieux stores extérieurs aux larges lamelles de bois étaient pour l'heure tout chargés de neige. Pas une seule lumière en façade.

À l'instant même où le garçon faisait cette constatation, le verre cathédrale de la porte d'entrée s'illumina. Abandonnant sa mobylette, il recula instinctivement dans l'ombre. Bien lui en prit : l'homme qui sortit peu après, une serviette à la main, n'était autre que Bertrand de Gourgueval !

Sûr qu'il allait remarquer la mobylette ! Toute seule à minuit au milieu du trottoir, et même pas attachée, elle ne pouvait qu'attirer l'attention. Alors il regarderait autour de lui... et la Guille serait découvert ! Mais au lieu de cela, il tourna la tête dans le sens opposé : un taxi arrivait. Il avait dû l'appeler par téléphone car la grosse Mercedes s'arrêta à sa hauteur sans qu'il ait eu à lui faire signe.

Chapitre 14

Coûte que coûte

La Guille eut un instant d'hésitation : devait-il profiter de l'absence de l'écrivain pour tenter de s'introduire chez lui et, suivant sa première intention, y placer son système d'écoute ? ou bien allait-il suivre le taxi ? Il choisit la deuxième solution, jugeant que, s'il était semé, il serait toujours temps de revenir rue Amédée-Bonnet. Mais, avant d'enfourcher sa mobylette, il attendit que la Mercedes ait redémarré, l'écrivain à son bord. Il s'élança au moment précis où elle tournait dans la première rue à gauche.

Lorsqu'il eut tourné à son tour, il la retrouva à quelque cent mètres devant lui. Elle roula jusqu'au cours Lafayette qu'elle prit en direction de Villeurbanne, mais, au lieu de continuer tout droit, elle bifurqua bientôt à droite. Trois cents mètres plus loin, elle s'arrêtait devant la gare de la Part-Dieu.

Le temps que Gourgueval paie la course et descende, la Guille avait cadenassé sa mobylette ainsi que son casque. Il s'engagea aussitôt sur les pas de l'écrivain. Dès qu'ils furent tous les deux dans la gare, la filature devint plus aisée car, même à cette heure tardive, les lieux étaient très fréquentés.

« Si seulement, pensa la Guille, je pouvais m'approcher assez près lorsqu'il demandera son billet, et entendre où il va ! » Mais, au lieu de continuer en direction des guichets, l'écrivain s'arrêta au milieu du hall. Il leva les yeux vers l'horloge, les rabaissa sur sa montre, regarda autour de lui. La Guille, qui se trouvait près d'un marchand de journaux, eut juste le temps de disparaître derrière un présentoir de cartes postales.

Il y resta. C'était un bon poste d'observation. D'autant plus qu'il était désormais évident, à le voir piétiner nerveusement sous l'horloge, que Gourgueval attendait quelqu'un. Il regardait sa montre, puis l'horloge, puis sa montre, puis les gens autour de lui, puis de nouveau sa montre... et cela de plus en plus fréquemment.

D'où il se trouvait, la Guille eut le privilège de découvrir, quelques secondes avant lui, celui qu'il attendait avec tant d'impatience : un petit homme rond, boudiné dans un manteau de fourrure, qui courait, tenant d'une main un attaché-case, de l'autre agitant deux billets. L'avocat !

À peine Gourgueval l'eut-il aperçu à son tour, qu'il entraîna le petit homme au pas de charge en direction des quais. La Guille, qui s'était élancé à leur suite, était de plus en plus convaincu en les voyant que leurs rapports n'étaient pas ceux d'un avocat et de son client... mais d'un complice soumis à son chef ! L'écrivain n'avait même pas salué le petit homme à son arrivée, se contentant, en guise de poignée de main, de lui arracher les deux billets. Et maintenant, il ne prenait même pas la peine de se retourner pour voir s'il le suivait toujours.

Il le suivait, mais à grand-peine, autant à cause de sa corpulence que parce que, depuis son irruption affolée dans le hall, il n'avait toujours pas eu le temps de reprendre son souffle. L'écrivain s'engagea dans l'escalier mécanique descendant vers les quais. C'est alors qu'un soudain afflux de voyageurs le déroba aux yeux de son « poursuivant ». Le petit homme redoubla d'affolement, voulut fendre la foule... et y parvint ! Mais à l'instant où l'escalator l'emportait à son tour, son attaché-case resta coincé entre deux voyageurs et lui fut violemment arraché ! Il retomba lourdement sur le sol en s'ouvrant sous le choc.

Comment la Guille put-il faire aussi vite ? Lui-même n'aurait pas su répondre. Toujours est-il que, s'étant précipité avant tout le monde sur l'objet, il en rassembla en hâte le contenu qu'il remit à l'intérieur, et le referma — non sans y avoir furtivement glissé son propre mini-magnétophone qui, déjà, tournait en position « enregistrement » !

Le petit homme n'avait rien vu. Depuis que sa mallette lui avait échappé, il faisait du surplace à mi-chemin de l'escalier mécanique, tentant désespérément d'en remonter les marches à contre-courant !

« S'il vous plaît ! » lança la Guille qui ne voulait pas se montrer. Et, sans se relever, il tendit l'attaché-case à un jeune homme qui s'engageait dans l'escalier. Il précisa :

« C'est au monsieur, là-bas... en manteau de fourrure ! »

Le jeune homme attrapa l'objet et disparut.

Quelques instants plus tard, la Guille, qui descendait à son tour vers les quais, put vérifier, à distance, que l'avocat avait récupéré son bien. Il rejoignit Gourgueval à l'instant même où les haut-parleurs annonçaient :

« Le train rapide 1054, en provenance de Nice et à destination de Paris, entre en gare au quai numéro 3, voie F. Veuillez vous éloigner des abords du quai ! »

C'est alors seulement que la Guille comprit dans quelle aventure il s'était embarqué. Et plus question de faire marche arrière, plus question de retourner rue Amédée-Bonnet poser son émetteur : son seul devoir désormais était de tout faire pour récupérer le magnétophone quand l'enregistrement serait terminé !

« Quel enregistrement ? » se demanda-t-il soudain plus que perplexe : « Primo, pour qu'enregistrement il y ait, il faut que les deux hommes aient toute liberté de parler. Secundo, l'"avocat" peut fort bien ouvrir son attaché-case au cours du voyage, et y trouver le magnétophone... Mes chances d'aboutir à quoi que ce soit sont des plus réduites ! »

En dépit de ces réflexions plutôt pessimistes, le garçon n'en décida pas moins d'aller coûte que coûte jusqu'au bout. « Coûte que coûte », l'expression l'amusa amèrement par sa justesse : en montant dans le train sans billet, il paierait en effet non seulement le prix du trajet, mais encore une amende ! De quoi y laisser toutes ses économies ! « Enfin, se dit-il, l'essentiel c'est qu'elles soient toujours là ! » Et, portant la main à sa poche, il y constata la présence rassurante des billets, ainsi que celle, amicale, de son harmonica. Cela lui redonna courage.

Il en avait bien besoin au moment de monter dans le train qui venait d'entrer en gare. Il laissa les deux hommes le précéder à bonne distance, puis entra à son tour dans la voiture 15. « Dire que je n'ai même pas eu le temps de prévenir les Six par téléphone ! » pensa-t-il tandis que le train repartait. Et son cœur se serra à l'idée qu'il n'était peut-être pas près de revoir ses amis...

Mais la nécessité d'agir l'arracha aussitôt à ses sombres pensées. Gourgueval et son complice longeaient le couloir à la recherche d'un compartiment à leur convenance. « Un compartiment vide », pensa le garçon qui avait repris sa filature, en constatant qu'ils délaissaient tous ceux où il n'y avait ne fût-ce qu'un ou deux voyageurs. « Ils veulent comploter à leur aise, se réjouit-il, voilà pourquoi ils n'ont pas pris le TGV (pourtant bien plus rapide mais dont les voitures ne sont pas compartimentées), et voilà ma chance... »

Au même instant, les deux hommes franchirent la porte en bout de couloir. La Guille s'élança à leurs trousses, mais lorsqu'il déboucha dans la voiture suivante, ils avaient disparu. « Pas besoin d'être Sherlock Holmes pour deviner où ils se trouvent », conclut le garçon en constatant que le premier compartiment avait ses stores baissés. Il s'installa dans le compartiment voisin, côté couloir, de façon à surveiller par la porte entrouverte la sortie éventuelle de l'un ou l'autre des deux hommes... ou mieux : des deux à la fois !

« Mais pas avant que la bande ait enregistré quelque chose d'intéressant ! » supplia-t-il intérieurement. Cela faisait à peine vingt minutes qu'il avait mis le magnétophone en route, il restait donc presque trois quarts d'heure d'enregistrement possible. À supposer bien entendu que, d'ici là, personne n'ait la malencontreuse idée d'ouvrir la mallette ! À supposer aussi qu'aucun incident technique ne vienne tout gâcher... et, tout bêtement, que le micro reste efficace malgré l'épaisseur du cuir... Autant de conditions qui feraient de la réussite de l'entreprise un vrai miracle ! Mais l'expérience de la Guille au sein des Six lui avait appris qu'il fallait parfois compter avec les « miracles ». Il croisa les doigts pour se porter chance et, une fois de plus, toucha son cher harmonica.

Une heure plus tard, rien n'avait bougé dans le compartiment voisin. Dans le sien, qu'il partageait avec trois autres voyageurs, la Guille était le seul à avoir encore les yeux ouverts. Il avait toutefois de plus en plus de mal à les y maintenir. Il s'impatientait d'autant plus qu'il savait que, maintenant, la bande avait cessé de tourner... Il regarda dehors, et vit, au passage d'une petite gare faiblement éclairée, que la neige s'était remise à tomber. « Dans combien de temps arrive-t-on à Dijon ? » se demanda-t-il, et il s'étonna de n'avoir vu encore aucun contrôleur. « Peut-être qu'avec un peu de chance... » Mais le sommeil le prit avant qu'il ait été au bout de sa pensée !

Il se réveilla en sursaut, regarda sa montre : il avait dormi plus d'une heure ! Dijon était passé depuis longtemps ! Il se maudit.

Ses Compagnons de voyage étaient encore là tous les trois, ils dormaient toujours. Se penchant dans l'entrebâillement de la porte, il risqua un œil prudent vers celle du compartiment voisin. Il sursauta : elle était entrouverte !

Il eut le réflexe de s'y précipiter immédiatement, mais se retint à temps : rien ne lui disait que les deux hommes n'étaient pas toujours à l'intérieur... Il se leva donc avec précaution : le couloir était désert. Il s'avança vers le compartiment aux stores toujours baissés... tendit la tête, se risqua davantage, puis regarda franchement : personne. Mais, hélas ! pas non plus de bagages dans les filets !

« Ils sont descendus à Dijon ! pesta-t-il. Et moi qui dormais comme un imbécile ! » Mais, soudain, il vit ce qu'il cherchait. Là, par terre, debout côte à côte, sous la tablette près de la fenêtre : la serviette de l'écrivain... et l'attaché-case de l'« avocat » !

Sans plus réfléchir, il s'engouffra dans le compartiment. En un éclair, l'attaché-case fut ouvert. Victoire : le magnétophone y était toujours ! Il s'en saisit.

Un indescriptible frisson de soulagement le parcourut de la tête aux pieds !

Il se retourna pour ressortir. Mais alors... ce fut comme un coup terrible s'abattant sur son crâne : les deux complices étaient debout devant lui et le regardaient fixement par la porte entrouverte...

Chapitre 15

La Guille a disparu !

Il était à peine sept heures quand Tidou fut réveillé en sursaut.

Après avoir vainement tourné et retourné dans sa tête tous les éléments de l'incroyable accusation portée contre la Guille, il ne s'était finalement endormi qu'au petit matin. Aussi ouvrit-il sur sa mère, qui venait de surgir dans sa chambre, un œil ensommeillé... et furibond !

« Qu'est-ce qu'il y a ? grogna-t-il.

— On te demande au téléphone.

— Qui ça ?

— Les parents de ton ami la Guille.

— Quoi ? »

En un éclair il fut debout, sortit comme une flèche de sa chambre en bousculant sa mère, et se rua sur l'appareil.

« Allô ?

— Bonjour, Tidou, lui répondit aussitôt une voix d'homme. Je suis le père de la Guille. Excuse-moi de te sortir du lit, mais... ma femme et moi nous aimerions bien savoir où notre fils a passé la nuit... Qu'est-ce que c'est que cette "mission" que vous lui avez confiée ? »

Tidou faillit s'écrier : « Quelle mission ? », mais se retint à temps. Les Six avaient pour principe de tenir leurs parents aussi éloignés que possible des « affaires » en cours et d'éviter à tout prix les affolements inutiles. Tidou fit donc comme s'il était au courant :

« Oh ! rien du tout, une mission sans danger, la routine...

— C'est bien ce qu'il dit dans le mot qu'il a laissé, mais tout de même ! » soupira le père.

Ainsi la Guille avait découché et laissé un mot pour rassurer ses parents ! Tidou n'en revenait pas ! Il cherchait quoi dire quand son correspondant reprit :

« Mais, pour cette... mission, il n'est pas tout seul au moins ?

— Non, non, bien sûr ! mentit à contrecœur Tidou.

— Vous avez de ses nouvelles ?

— Heu... non... enfin, ce n'est pas moi qui m'en occupe. Je dois retrouver les autres tout à l'heure. Nous vous tiendrons au courant. Mais ne vous en faites surtout pas : il n'y a absolument aucun danger, aucun !

— Je l'espère ! Bon, je dois partir au travail, mais n'hésitez pas à appeler la maison dès que vous aurez du nouveau : ma femme sera là pour vous répondre...

— Nous comptons sur vous ! » intervint alors la voix émue de la mère de la Guille.

Quand Tidou raccrocha, il avait le cœur serré.

Aussitôt, il composa le numéro de Mady. Elle non plus n'avait guère dormi. Il la mit au courant, puis ajouta :

« J'ai bafouillé au téléphone, je crois qu'ils ne seront pas dupes longtemps. Il n'y a pas une minute à perdre ! On se retrouve dans une demi-heure à la Caverne ! Tu fais suivre ? »

Une demi-heure plus tard, les Compagnons étaient au rendez-vous.

La mobylette de leur ami n'était plus là, ce fut leur première constatation. Ensuite ils discutèrent sur l'opportunité ou non d'aller chez la Guille pour tâcher d'en savoir plus sur sa fuite nocturne... mais :

« Regardez ! s'écria soudain Bistèque. L'émetteur a disparu ! »

Il montrait l'intérieur du coffret où le matériel d'écoute mis au point par le Tondu était habituellement rangé.

« C'est bien ce que je pensais, dit Tidou : la Guille est en train de mener son enquête tout seul ! C'est chez Gourgueval qu'il est allé cette nuit !

— Tu crois ? s'étonna Mady.

— Oui, je crois. Mais dans cinq minutes j'en serai sûr. Attendez-moi ! »

Et, sous le regard ébahi de ses amis, il sortit de la Caverne. Ils le virent se diriger vers la cabine téléphonique qui se trouvait à deux pas. Quelques instants plus tard, il en ressortait :

« Plus de doute, cette fois ! J'ai eu Pierre. Il venait d'arriver au studio pour son émission matinale. Il n'avait encore eu le temps de s'apercevoir de rien, mais quand je lui ai dit de vérifier, il a tout de suite constaté que quelqu'un était passé cette nuit... quelqu'un qui a pris le mini-magnéto et cherché un renseignement dans le répertoire d'adresses : il était encore ouvert à la lettre D, sur le nom de De Gourgueval !

— On y va ! » lança Gnafron.

Vingt minutes après, cinq mobylettes, dont une avec remorque et passager à quatre pattes, s'arrêtaient à proximité du 12, rue Amédée-Bonnet.

« Vas-y toute seule, Mady, décida Tidou : pas la peine d'affoler la concierge...

— Tu as raison, approuva-t-elle. Je ne sais pas pourquoi, mais les filles... on s'en méfie moins !

— Oui ! je ne sais vraiment pas pourquoi ! » soupira Gnafron en feignant l'indignation.

Ils attendirent le retour de leur amie une bonne dizaine de minutes.

« Alors ? s'écrièrent-ils en chœur lorsqu'elle les eut enfin rejoints.

— Plutôt dure à cuire, la concierge ! s'exclama-t-elle. Elle n'a d'abord rien voulu savoir : “M. de Gourgueval est en vacances, laissez-lui un message, je transmettrai.” Là-dessus, elle veut me refermer la porte au nez ! Alors, je n'hésite plus, j'y vais au bluff : “C'est peut-être ce qu'il vous a dit de dire aux étrangers, mais moi je suis sa nièce. Je sais qu'il était encore ici hier puisque je l'ai eu au téléphone !” Coup de chance, j'avais dû taper juste car aussitôt elle se radoucit : Gourgueval a pris le train cette nuit pour Paris, voilà ce que j'ai fini par apprendre !

— À la Part-Dieu ou à Perrache ? demanda le Tondu.

— Là, tu m'en demandes trop !

— Allons d'abord à la Part-Dieu, suggéra Bistèque : des deux gares, c'est la plus proche. »

Tidou approuva.

C'est ainsi que, peu après, les Compagnons découvrirent devant la gare la mobylette abandonnée de leur ami.

Elle n'avait pas changé de place depuis la veille mais, comme le temps s'était encore refroidi, une bonne couche de neige durcie la recouvrait.

Bien sûr, ils aimaient mieux cela que de n'avoir rien retrouvé du tout... n'empêche : quel désolant spectacle !

« Il a même laissé son casque ! soupira Mady. Il a dû partir en catastrophe... »

Personne ne le dit, mais tout le monde pensa la même chose : « On a été trop durs avec lui, on lui a laissé entendre qu'il était coupable : pas étonnant qu'il ait décidé d'agir seul ! Et maintenant, qui sait où il est et dans quel pétrin il se débat ! »

Tidou fut le premier à rompre le silence :

« Allons chez ses parents ! Tant pis pour eux... et tant pis pour nous ! Il n'y a que là qu'on a peut-être une chance d'en apprendre un peu plus... »

En les voyant arriver tous les cinq sans son fils, la mère de la Guille s'alarma :

« Mais... Tidou a dit à mon mari qu'il n'était pas seul dans cette "mission"... »

Pour toute réponse, les Compagnons ne purent que baisser honteusement la tête. Puis le Tondu prit la parole :

« Il n'a jamais eu de mission, il est parti de son propre chef. Mais... c'est sans doute en partie notre faute...

— Votre faute ? »

Il fallut lui répondre, et, à force de tourner autour du pot, les Compagnons finirent d'un commun accord par tout lui raconter.

« Il faut prévenir la police ! » décréta-t-elle quand ils en eurent fini.

Tidou, qui depuis le début s'attendait à cette conclusion, sortit l'argument qu'il tenait tout prêt :

« Au point où nous en sommes, dit-il, seule notre confiance absolue en la Guille nous assure qu'il n'est pas coupable de ce qu'on lui reproche... mais pour n'importe qui d'autre, la police en premier, tout prouve le contraire, TOUT !

— Mais la police arrêtera ces... bandits, intervint la mère du garçon, et alors elle s'apercevra bien... »

Tidou l'interrompit :

« Même si la police les arrête, rien ne dit qu'elle prouvera quoi que ce soit...

— Et pourquoi ?

— Parce que ce ne sont pas des bandits ordinaires, mais un écrivain, relativement connu, du moins à Lyon, et un avocat ! Ils ont certainement le bras long. Et si on n'a pas au moins une preuve de l'innocence de la Guille avant que la police le retrouve, il y a toutes les chances pour que ce soit lui qui soit accusé ! »

Démunie d'arguments à opposer à ces terribles paroles, la malheureuse femme se laissa tomber sans un mot sur une chaise.

Tidou demanda :

« Vous pouvez nous montrer la lettre qu'il vous a laissée ? »

Elle parut étonnée, mais la leur montra sans poser de questions.

Les Compagnons l'examinèrent attentivement, mais n'y découvrirent rien de plus que ce qu'ils savaient déjà.

« Ce qu'on aimerait apprendre, expliqua Tidou à la mère du garçon, c'est ce qui a bien pu pousser la Guille à suivre l'écrivain jusqu'à la gare... Est-ce qu'à ce moment-là il en savait déjà plus que nous sur cet individu ? Est-ce qu'il avait déjà une petite idée de la solution éventuelle de l'énigme ? Il ne vous a rien laissé entendre dans ce sens hier soir, avant d'aller se coucher ? Comment était-il ?

— Fatigué, répondit la mère, c'est ce qu'il a dit. Il avait l'air très préoccupé... mais ça n'a rien d'exceptionnel chez lui. Vous savez comme moi qu'il est toujours plus ou moins en train de ruminer une chanson à composer, un poème à écrire... quand ce n'est pas une de vos fameuses "affaires" ! Alors, son père et moi, il y a belle lurette qu'on n'y prête plus attention ! Hier soir, par exemple, il est monté se coucher très tôt, et à onze heures — je suis passée dans le couloir —, il y avait toujours de la lumière sous sa porte : ça ne m'a pas étonnée...

— On peut examiner sa chambre ? » demanda Tidou.

La première chose qui attira l'attention des Compagnons fut, sur le bureau d'écolier de leur camarade, la boîte en forme de maison qui lui servait de tirelire. Tidou s'en saisit et la secoua.

Le voyant faire, la mère de la Guille s'étonna :

« Elle est vide ? »

Il approuva.

« Je n'ai même pas pensé à regarder, dit la mère : je suis tellement habituée à la voir ici, toujours à la même place...

— Il y avait une grosse somme ? demanda Tidou.

— Je ne sais pas exactement... trois ou quatre cents francs tout au plus ! Ça voudrait dire qu'en partant il savait déjà qu'il allait prendre le train ?

— Oui, peut-être, répondit le garçon... pas forcément. »

Il reposa la tirelire sur le bureau. Il était découragé. Il avait de plus en plus l'impression de faire une pâle imitation d'un commissaire de roman policier, et il ne se sentait pas du tout doué pour ça.

« Bon. Je crois que nous allons nous y prendre autrement », déclara-t-il à l'adresse de la mère, comme s'il avait en tête une idée précise. En fait, ses amis ne s'y trompèrent pas : il voulait surtout sortir d'ici au plus vite et échapper aux questions de cette femme et à son regard désapprobateur. Car bien qu'elle ne leur fît ouvertement aucun reproche, ni lui, ni Mady, ni les autres ne pouvaient s'empêcher de se sentir, devant elle, affreusement coupables...

Ils reprenaient donc le chemin du salon, quand un aboiement les rappela dans la chambre. Ils s'y précipitèrent.

Kafi, que tout le monde avait oublié depuis quelque temps, était aplati par terre, le museau sous le lit. Il grognait en agitant la queue.

Instantanément, tout le monde fut à plat ventre autour du lit... sauf la mère de la Guille toutefois, qui demanda :

« Il a vu quelque chose ?

— Moi, en tout cas, je ne vois rien ! dit Gnafron, le plus prompt à se relever.

— Il n'a rien vu, dit Tidou en se relevant à son tour. Il a *senti*...

— Senti quoi ? » interrogèrent les autres.

Il soupira :

« Vous m'en demandez beaucoup ! »

Tous se rassemblèrent autour du chien : il poussait de petits gémissements, ouvrait de grands yeux avec cet air malheureux de quelqu'un qui sait quelque chose mais est incapable de l'exprimer.

« On va sur la lune, pesta Gnafron, on fait des bébés-éprouvettes, et on n'a toujours rien inventé pour lire dans le cerveau des bêtes ! »

Un coup de sonnette interrompit sa lamentation. La mère de la Guille alla ouvrir. Tous tendirent un œil curieux dans le couloir, en direction de l'entrée...

« Ce n'était que le facteur ! » dit la femme en revenant vers eux.

Elle se tut. Elle avait ouvert une lettre, parmi d'autres, et semblait tout à coup complètement accaparée par sa lecture. Quand elle eut fini, elle la tendit aux Compagnons en disant :

« Elle est adressée à mon fils, mais, étant donné les circonstances... »

Tidou, qui avait pris la lettre, avait d'abord commencé à la lire à voix basse. Mais il ouvrit tout à coup des yeux ronds et déclara :

« C'est Sébastien qui écrit, le cousin de la Guille. Écoutez, c'est incroyable ! »

Tous se souvenaient avec sympathie du charmant garçon qui était venu de Villefranche lire ses poèmes à Radio 6 et, passionné par l'expérience, n'était reparti de Lyon que trois jours plus tard. Voici ce qu'il racontait :

« Figure-toi, cher cousin, que l'autre jour, alors que j'écoutais comme d'habitude ton passionnant feuilleton, j'ai eu soudain la très nette impression d'avoir déjà entendu ça quelque part... »

Avant d'aller plus loin, Tidou releva les yeux pour apprécier l'effet de sa lecture sur son auditoire. Il était fasciné !... à l'exception du Tondu, sceptique par nature, qui, relevant son béret pour se gratter le crâne, déclara sur le ton de l'évidence :

« Il avait lu les romans de Bertrand de Gourgueval, c'est tout bête !

— Laisse-moi finir », dit Tidou sans se laisser démonter.

Il reprit :

« J'ai écouté plus attentivement, et, tu ne vas pas me croire, mais j'ai reconnu *des phrases entières ! C'est bien simple : je prévoyais littéralement la réplique avant que Mady ou le Tondu se mette à parler ! Je sais qu'on s'aime bien et qu'on a toujours été très proches, mais tout de même, ça n'a jamais été au point de nous faire écrire les mêmes poèmes ! Qu'en penses-tu ? J'ai été parfois*

présent quand tu écrivais un épisode ou un autre, mais tu as toujours refusé de m'en lire un seul mot ! Alors... la transmission de pensée ? Je n'y avais jamais vraiment cru jusqu'à maintenant. Mais aujourd'hui je m'interroge ! Pas toi ? Écris-moi vite pour me donner ton opinion ! »

Cette fois, même le Tondu n'en revenait pas.

« Ce qu'il faudrait vérifier avant tout, déclara-t-il, c'est s'il a reconnu les mêmes passages que la Guille, ceux que Gourgueval avait soulignés dans ses livres...

— Téléphonez-lui, dit la mère du garçon. Venez ! »

Ils la suivirent dans le salon où se trouvait l'appareil. Tout le monde était rassemblé autour d'elle, impatient, tandis qu'elle composait le numéro. Une sonnerie, deux sonneries, trois... Cela ne répondait pas. À la quinzième, elle raccrocha.

« Il n'y a personne pour l'instant, dit-elle. Attendez un moment, on essaiera à nouveau tout à l'heure...

— Je préfère noter le numéro, intervint Tidou. Il faut qu'on retourne au studio, on l'appellera de là-bas.

— Comme vous voudrez. Mais, surtout, prévenez-moi dès que vous aurez du nouveau ! »

Au moment de sortir, les Compagnons s'aperçurent que Kafi ne les suivait pas.

« Toi, quand tu as une idée dans la tête ! » le gronda gentiment Tidou en le retrouvant où il l'avait laissé, près du lit de la Guille. Et il eut toutes les peines du monde à l'en faire décoller !

Chapitre 16

Pierre saute au plafond

Quand ils arrivèrent dans le grenier, Pierre, derrière la vitre de l'« aquarium », son casque sur les oreilles, fit une mimique qui signifiait tout à la fois : « Désolé, je n'en ai plus pour longtemps » et « Alors, quoi de neuf ? » Mais ils n'eurent pas le loisir de lui répondre : Kafi faisait à nouveau des siennes, attirant sur lui l'attention de tout le monde.

Il reniflait dans tous les coins, bientôt plus particulièrement aux alentours d'une étagère où s'entassaient les choses les plus diverses. Tout à coup, il fit le beau pour attraper l'une d'elles sur le rayon du haut. Quand il se retourna, tout frétillant, vers ses amis, ceux-ci s'exclamèrent en chœur, reconnaissant ce qu'il leur rapportait entre ses dents :

« Le gant du “mauvais génie” ! C'était donc ça ! »

Ce qui, en langage clair, signifiait : l'odeur que Kafi a sentie sous le lit de la Guille tout à l'heure est la même que celle de ce gant. Et plus clairement encore :

« Le “mauvais génie” est allé sous le lit de la Guille !

— Sous le lit de la Guille ! s'exclama Pierre qui venait de ressortir de l'“aquarium”. Expliquez-vous ! Mais d'abord, dites-moi : vous avez de ses nouvelles, à la Guille ?

— Malheureusement aucune ! avoua Tidou. Cela dit, ajouta-t-il aussitôt, l'air pensif, peut-être que Kafi vient de nous mettre sur une piste... Dis-nous ce que tu en penses. »

Et il lui fit le récit détaillé de tout ce qu'ils avaient appris depuis le matin, sans omettre bien entendu la troublante lettre du cousin...

Ce récit parut plonger Pierre dans des abîmes de perplexité. Les coudes sur les genoux, il se tenait la tête entre les mains, pinçait les lèvres, fronçait les sourcils... Bref, on avait, à le voir se creuser les méninges aussi intensément, l'inquiétant sentiment qu'il était une marmite sous pression sur le point d'exploser...

Heureusement pour tout le monde, il n'explosa pas. Mais le résultat de ses cogitations n'en fut pas moins spectaculaire. Littéralement : il sauta au plafond !

« L'imbécile ! » s'écria-t-il lorsqu'il fut retombé sur ses pieds.

Personne ne comprit tout d'abord après qui il en avait. D'autant plus qu'il ne tarissait pas d'insultes :

« L'insensé ! le crétin ! l'abruti !... »

Enfin il s'effondra sur son siège, affichant tous

les dehors de l'abattement — et l'on sut que c'était à lui, à lui seul, qu'il venait de s'en prendre aussi rageusement.

Il gémit :

« Mais comment est-ce que j'ai fait pour ne pas y penser plus tôt ? Je suis impardonnable. »

Alors, au moment précis où les Compagnons s'attendaient presque à le voir éclater en sanglots, il bondit de nouveau de son siège.

« On peut savoir ce qui t'arrive ? » risqua ironiquement Mady.

Mais il ne l'entendit même pas. Comme Kafi tout à l'heure, il fouillait le grenier dans tous les coins, mais pas avec son nez ! Il bousculait des livres, soulevait des cartons, déplaçait les dossiers... bref, pas un centimètre carré du « studio » qui, en quelques minutes, ne fût passé au peigne fin ! En vain.

« Si tu nous disais ce que tu cherches, risqua Tidou à son tour, peut-être qu'on pourrait t'aider... »

Il ne releva même pas.

Attrapant son manteau, il fonçait déjà vers l'escalier en disant :

« Ne bougez pas d'ici, je reviens dès que je peux. »

Puis, alors qu'il venait de disparaître dans la trappe :

« Profitez-en pour rappeler le cousin... et, surtout, qu'il vous dise tout ce qu'il sait ! »

Encore éberlués, les Compagnons rappelèrent docilement le cousin. Cette fois, on répondit : c'était sa mère. Elle alla aussitôt le chercher.

Il fut catastrophé en apprenant la disparition de la Guille. Avant de lui donner plus de détails, Tidou lui demanda s'il se souvenait précisément des passages du feuilleton qu'il lui avait semblé reconnaître.

« C'était justement ça le plus extraordinaire ! s'exclama-t-il, je m'en souviens... enfin, je m'en souvenais comme si je les avais appris par cœur ! Mais, même aujourd'hui, il me reste encore des phrases entières dans la tête !

— Par exemple ? demanda Tidou.

— Eh bien... *Il y eut un éclair aveuglant, et l'enfant se mit à crier.* Ou... *Il faut à tout prix que je sorte d'ici.* Ou encore... *Chérie, ne trouves-tu pas que le ciel a une bien étrange couleur, cette nuit ?*

— Ce sont les mêmes passages, s'exclama Tidou, exactement les mêmes ! »

Ensuite, il lui expliqua en détail ce qui s'était passé et termina par le récit des découvertes de la matinée. Sébastien s'écria :

« Sous le lit ! C'est sous le lit que le porteur du gant aurait été se fourrer ? »

Tidou approuva.

« Alors la clef du mystère est là ! décréta le cousin. Car, au cas où tu l'aurais oublié, je te rappelle que, durant les trois nuits que j'ai passées à Lyon, j'ai dormi dans le même lit que la Guille ! Même lit, mêmes souvenirs ! Frappant, non ?

— Tout à fait », dit Tidou, mais il ne savait déjà plus qui écouter car Pierre était de retour et tout le monde s'était précipité autour de lui : il n'était pas revenu bredouille !

« Excuse-moi, Sébastien, dit Tidou, mais je crois qu'il y a du nouveau. Merci pour tes précieux tuyaux ! Je te rappelle dès qu'on en sait plus ! À bientôt ! »

Pierre n'avait pas encore dit un mot, essoufflé qu'il était par sa montée précipitée des six étages. Mais tout, dans son attitude, criait victoire. Singulièrement un livre qu'il brandissait comme un trophée.

Son titre ne disait rien aux Compagnons : *Gare au Gourou !* Mais quand ils lurent, écrit en plus petit, le nom de l'auteur, ils sursautèrent : Bertrand de Gourgueval !

« Tu le sors d'où, ce bouquin ? » demanda Tidou.

Pierre, qui venait enfin de recouvrer son souffle, répondit :

« De chez moi. Je l'avais complètement oublié. Quand il m'est revenu à l'esprit, j'étais persuadé de le retrouver ici, dans le studio... Heureusement que j'ai eu l'idée d'aller fouiller dans ma bibliothèque !

— Mais... tu l'avais depuis toujours ! demanda le Tondu.

— Non. Depuis la première fois où j'ai contacté Gourgueval pour la fameuse émission qui n'a pas eu lieu. On devait parler de son dernier roman pour enfants, et il m'a envoyé par la même occasion celui-ci, publié depuis quelques années et introuvable en librairie. Il en était très fier. Il m'a dit au téléphone, modeste comme d'habitude : “Lisez-le, c'est une petite merveille !”

— Et tu l'as lu ?

— J'avoue que non. Avec tout ce qui se passait à ce moment-là, je n'ai pas eu le temps. Par contre, j'ai parcouru le texte de présentation. Regardez !

Il retourna le volume, et tous purent lire sur la quatrième page de couverture :

Ce roman est un conte du XXe siècle. On y retrouve la bonne fée, l'affreuse sorcière, les bons, les méchants, et jusqu'à l'ogre redoutable appelé Gourou.

Mais, au lieu des baguettes et des potions magiques traditionnelles, tout ce beau monde agit grâce aux techniques les plus modernes : la fée touche ce qu'elle veut transformer de son rayon laser, la sorcière chevauche une fusée, la princesse et son prince communiquent par talkies-walkies, et l'ogre s'introduit dans les rêves de ses victimes grâce à ces petits magnétophones qui permettent de nos jours aux étudiants paresseux d'apprendre leurs leçons tout en dormant...

Inutile d'aller plus loin. D'ailleurs, Gnafron s'était déjà écrié :

« Le nom véritable de l'ogre, ce n'est pas Gourou, mais Gourgueval ! Pierre, tu es génial !

— Oh ! pas du tout ! protesta Pierre. Je suis un imbécile de ne pas y avoir pensé plus tôt ! Il a fallu cette histoire de lit, et la lettre du cousin... Au fait, qu'est-ce qu'il a dit ?

— Devine ! dit Tidou. Il m'a récité, mot pour mot, exactement les mêmes passages que ceux marqués de rouge dans les bouquins !

— Rien de plus logique ! s'écria Pierre. Le

magnétophone placé quelque part sous le lit n'a pas sélectionné ses victimes : il a fait la leçon aux deux dormeurs en même temps ! La seule différence, c'est que Sébastien, lui, n'a jamais eu l'occasion de la réciter, sa leçon...

— Tandis que le pauvre la Guille, enchaîna Mady, les phrases qui lui avaient été soufflées à son insu pendant son sommeil ressortaient toutes faites sous sa plume quand il écrivait son feuilleton le lendemain ! Plagiaire malgré lui ! Il fallait quand même y penser ! conclut-elle non sans une pointe d'admiration.

— Mais il fallait aussi agir, dit Bistèque, mettre l'appareil sous le lit, puis retourner le chercher... et ça, le flair de Kafi vient de nous le prouver, ce n'est pas Gourgueval qui l'a fait...

— Mais l'homme au gant ! enchaîna Tidou.

— Le *jeune* homme au gant, précisa Pierre.

— Tu penses toujours à l'un de tes anciens collaborateurs ? demanda Mady.

— Hélas, oui !... Un garçon d'ailleurs plus inconscient que réellement méchant... N'empêche que maintenant il n'y a plus à hésiter : il faut lui mettre la main dessus !

— Mais comment ? s'enquit Bistèque.

— De la façon la plus bête, répondit Pierre : en convoquant l'ancienne équipe de Radio-Gones ici même.

— Et tu crois qu'ils vont rappliquer comme des moutons ! » s'esclaffa Gnafron.

Ce à quoi Pierre répliqua :

« Il suffira de les prévenir — s'ils ne sont pas assez malins pour s'en douter tout seuls ! — : celui qui ne vient pas se désigne automatiquement comme coupable.

— À moins qu'ils ne se donnent le mot et que personne ne vienne, objecta le Tondu.

— C'est une possibilité, en effet, admit Pierre, mais elle m'étonnerait beaucoup. Ils ne se sont jamais serré les coudes quand ils étaient à Radio-Gones, c'est même parce qu'ils ne s'entendaient pas qu'on a échoué... alors je ne vois vraiment pas pourquoi aujourd'hui ils seraient brusquement tous d'accord. Non, croyez-moi, ça me fait de la peine de le dire, mais ils seraient plutôt du genre à montrer le copain du doigt en disant : "Ce n'est pas moi, c'est lui !"

— Je me demande tout de même une chose... » dit soudain Tidou.

Cela faisait un bon moment qu'il n'avait pas pris la parole, et tout le monde nota le ton grave de sa voix.

« Je me demande, reprit-il, si démasquer le poseur de magnétophone est ce qu'il y a de plus urgent à faire. Autrement dit, je me demande si c'est le plus court chemin pour arriver à la Guille... Car c'est ça qui compte pour le moment, vous êtes bien tous d'accord ? »

Tout le monde ouvrait déjà la bouche pour approuver unanimement, quand une voix les prit de vitesse, s'écriant dans leur dos :

« ET COMMENT, SI ON EST D'ACCORD ! »

Chapitre 17

La clef de l'énigme aux poissons

Quand les Compagnons se retournèrent, ils n'en crurent pas leurs yeux.

Qui venait de prononcer ces mots ? Qui se tenait devant eux, en chair et en os, bien vivant, tapotant d'un air faussement dégagé la nuque de Kafi ? Qui ? La Guille en personne !

Il y eut d'abord un grand silence, tout le monde était figé. Puis, d'un seul coup, ce fut une ruée incroyable. Le revenant disparut littéralement sous l'affectueux assaut de ses amis. Quand il cria pitié, ils daignèrent enfin relâcher leur étreinte et prononcer des mots compréhensibles.

« Quel salaud, ce Kafi ! s'exclama Gnafron. Il t'avait forcément senti venir...

— Évidemment ! dit la Guille. Mais dès que je lui ai fait signe de se taire, il a compris. Et voilà ! La surprise a été réussie... pas vrai ?

— Ne refais plus jamais ça ! s'écria Mady en feignant la colère, j'en ai encore les genoux qui tremblent ! » Puis elle ajouta, plus sérieuse :

« C'est ta mère que tu dois prévenir en vitesse, on a dû tout lui dire, et...

— Elle sait déjà », l'interrompit la Guille. Puis il eut l'air un peu gêné pour ajouter : « Je suis passé à la maison en premier... Vous ne m'en voulez pas trop ?

— Sûr que si qu'on t'en veut ! s'exclama Pierre. La preuve : je vous invite tous chez la *Mère Jean* pour fêter ça ! Il est midi et demi, et moi je crève de faim ! Pas vous ? »

Tous accueillirent avec joie l'invitation. Seul la Guille restait un peu réservé. Il finit par lâcher ce qu'il avait sur le cœur :

« Je m'en suis tiré, mais je suis bredouille », avoua-t-il.

Il posa sur la table la sacoche qu'il avait toujours à l'épaule, en ajoutant :

« Je n'ai même pas été fichu de rapporter la moindre preuve contre ces deux filous ! Ils courent encore et on n'est pas plus avancés !

— Ça, c'est toi qui le dis ! » déclara Mady avec un sourire en coin.

Tout le monde souriait quand Pierre renchérit :

« Venez, on parlera mieux de tout ça devant une assiette bien garnie ! »

Au restaurant, Pierre fut accueilli en habitué et obtint pour lui et ses amis une belle table ronde dans un coin tranquille. Dès qu'ils furent installés, la Guille put raconter son aventure tout à son aise.

Il dit comment il avait suivi l'écrivain jusqu'à la gare, sa surprise en reconnaissant l'« avocat », comment il avait pu glisser son magnétophone en marche dans la mallette de celui-ci, puis comment il était monté derrière eux dans le train. Bref, il raconta tout jusqu'au moment où il s'était fait surprendre... la main dans le sac !

« C'est vraiment l'expression qui convient ! fit remarquer Gnafron.

— Et ensuite ? » s'impatientèrent les autres.

La Guille avala en vitesse une feuille de salade, et reprit :

« Ils étaient là, dans l'entrebâillement de la porte, tous les deux, à me regarder. Et moi, en face, avec mon magnétophone dans la main... Je n'étais pas fier, croyez-moi ! »

Personne n'avait de mal à le croire ! Tous étaient suspendus à ses lèvres, la fourchette en l'air... Il poursuivit :

« En réalité, ça n'a pas dû être très long, mais moi j'ai eu l'impression qu'il se passait des heures... Il faut dire qu'ils ont fait durer le plaisir ! Ils avaient un petit sourire sadique aux lèvres, et il n'ont pas eu besoin de parler pour que je comprenne ce que ça voulait dire : "Tu es fait comme un rat, mon petit vieux ! Si tu veux nous fausser compagnie, il ne te reste qu'une solution : sauter par la fenêtre !"... Eh bien, je ne sais pas si j'ai vraiment *choisi* cette solution, mais ça a été plus fort que moi, comme un réflexe : je me suis retourné vers la vitre et, de toutes mes forces, je l'ai descendue...

— Et tu as sauté ? s'écria Mady.

— Non, rassure-toi. Ils se sont rués sur moi. Mais, même s'ils ne m'avaient pas retenu, je n'aurais sûrement pas sauté ! Par contre... j'ai jeté le magnéto dehors — comme si ça pouvait changer quelque chose ! »

Il haussa les épaules, riant amèrement de lui-même.

« Aux yeux des deux... escrocs, reprit-il, que j'aie balancé le magnéto ou qu'ils me l'aient pris, ça revenait strictement au même : leur conversation était perdue pour tout le monde...

— Pas obligatoirement ! intervint Bistèque. Il est forcément tombé quelque part...

— Comme tu dis : "quelque part". Quelque part entre Dijon et Paris ! Figure-toi que j'avais complètement perdu la notion du temps, moi, dans tout ça ! Et, de toute façon, à la vitesse où le train roulait, notre belle pièce à conviction, elle est en mille morceaux à l'heure qu'il est ! En mille morceaux, ou pire...

— Pire ?

— Oui, maintenant, il me semble que ça me revient, dit-il après un temps de réflexion... Je suis presque sûr que, au moment où j'ai ouvert la fenêtre, le train passait sur un pont... Autrement dit, la "pièce à conviction", c'est au fond d'une rivière qu'elle se trouve à l'instant où je vous parle ! Alors, bien sûr, si les poissons savent réparer les magnétophones... eux, ils connaissent peut-être le fin mot de l'énigme ! Mais... »

Tidou l'interrompit :

« Mais il n'y a plus d'énigme, mon vieux ! Pour qui tu nous prends donc ? Tu crois qu'on s'est tourné les pouces pendant que tu te baladais ?

— Qu'est-ce que tu dis ? explosa le garçon. Vous saviez et vous ne me disiez rien ? »

À ces cris, des clients des tables voisines levèrent les yeux sur eux. Aussi Tidou reprit-il un ton plus bas :

« Finis ton histoire, et on te dira tout !

— Pas question ! Vous d'abord ! D'ailleurs, je n'ai encore rien pu avaler : à vous de parler et à moi de manger, je continuerai tout à l'heure. »

Il s'ensuivit une brève querelle à laquelle Pierre mit fin, en aîné raisonnable qu'il était, en racontant ce qu'ils venaient de découvrir.

En face de lui, la Guille en bavait des ronds de chapeau !

« L'inconvénient, conclut Pierre, c'est qu'on n'a aucune preuve et que, gonflé comme il est, Gourgueval est tout à fait capable de continuer son chantage... À moins que nous ne mettions la main sur le propriétaire du gant noir ! N'est-ce pas, Kafi ? »

Il donna une tape affectueuse au brave chien en train de se régaler, sous la table, d'un menu lyonnais spécialement choisi pour lui. Puis il expliqua comment lui-même et les Compagnons comptaient s'y prendre.

La Guille, encore tout à sa joie d'être désormais totalement disculpé, se déclara tout à fait confiant dans la bonne et rapide issue de l'entreprise.

« Et toi alors, intervint Mady, comment tu t'en es sorti ?

— De la façon la plus bête, répondit-il. À l'instant où je venais de balancer le magnéto, et où les deux cocos me sautaient sur le dos...

— Bravo pour la rime ! s'écria Gnafron. Tu... »

Mais Tidou le fit taire de force en le bâillonnant avec sa serviette de table.

« À cet instant, reprit la Guille, le contrôleur a fait irruption dans le compartiment ! Aussitôt, les deux autres ont pris un petit air dégagé et tendu leurs billets...

— Et toi ?

— Moi, je n'en avais pas de billet ! Alors, j'ai bafouillé : "Excusez-moi, mais mes bagages sont dans un autre compartiment..." Je suis sorti, il m'a suivi, et là j'ai expliqué que j'étais arrivé en retard à la gare, que j'avais sauté dans le train au moment où il démarrait, et que pour le billet, ben, je n'avais pas eu le temps...

— Et alors ?

— Alors il m'a demandé mes papiers, si j'avais de l'argent sur moi pour payer. J'ai sorti mes économies ! Avec l'amende en plus, il me manquait cinq centimes. Il m'en a fait cadeau. Merci, monsieur le contrôleur ! Et, dès qu'il a tourné le dos, moi j'ai filé à l'autre bout du train, le plus loin possible des deux crapules ! Quand on est arrivé à Paris, je n'ai pas cherché à les revoir, croyez-moi ! Je ne pensais qu'à une chose : vous prévenir, prévenir mes parents, et rentrer au bercail !

— Mais tu n'avais plus de sous !

— Très bien, Gnafron, je vois que tu suis ! Alors j'ai fait la quête... Il m'a fallu une heure pour obtenir cinq francs ! J'ai mis ma pièce dans le téléphone, j'ai fait mon numéro : pas de réponse. Et quand j'ai raccroché, ma pièce n'est pas retombée ! J'en aurais chialé !

— Et ensuite ? demanda Tidou.

— Ensuite, rien. J'ai tourné en rond dans cet endroit sinistre. À cinq heures et demie du matin, je te prie de croire que le spectacle de la gare de Lyon, ça n'est pas fait pour te remonter le moral ! Et brusquement, j'ai pensé à Éric !

— Éric ? interrogea Mady, le reporter d'*Actua-Flash*[1] ?

— Ben oui, évidemment !

— Génial ! s'écria Tidou. Sympa comme il est, il ne pouvait pas refuser de t'aider !

— En effet ! Mais ça n'a pas été un petit boulot que de lui mettre la main dessus !

— Tu n'avais plus son adresse ?

— Non, mais je me souvenais à peu près et je n'ai pas eu trop de mal à retrouver. Malheureusement, il n'était pas chez lui. Un journaliste, ça travaille à toute heure : je suis donc allé à son journal, à l'autre bout de Paris, et à pied, évidemment ! Là, je vous passe les détails, il venait juste de sortir, je lui ai couru après et il était neuf heures et demie quand je l'ai rattrapé !

— Pourquoi tu ne nous as pas appelés à ce moment-là ? interrogea Pierre.

— Parce que je préférais prendre le prochain T.G.V., et je n'avais pas une seconde à perdre : cette fois, je ne tenais pas à monter sans billet ! En tout cas, vous avez tous le bonjour d'Éric... et moi, je lui dois une fière chandelle ! Je le rappellerai dès que cette affaire sera classée...

— À propos, dit Tidou, il y a quelqu'un d'autre

---

1. Si vous voulez connaître Éric, lisez *Les Six Compagnons et le chasseur de scoops*, dans la même collection.

qui attend qu'on le rappelle : ton cousin Sébastien, je le lui ai promis.

— J'y vais ! » dit la Guille en se levant aussitôt.

À cet instant précis, le Tondu qui, depuis quelque temps déjà, ne suivait plus la conversation, donna un coup de coude à Tidou :

« Ça fait un moment que ce type essaie d'écouter ce qu'on dit », lui souffla-t-il à l'oreille en désignant, non loin d'eux, un grand maigre d'une trentaine d'années, seul à une table.

Il se leva à l'instant même où la Guille disparaissait dans l'escalier conduisant aux cabines téléphoniques.

« Il le suit ! » dit Tidou.

Il avait dû parler trop fort car, aussitôt, l'homme bifurqua vers le comptoir, y posa un billet et, sans attendre sa monnaie, sortit à toute vitesse en attrapant au passage son blouson accroché au portemanteau.

Quand Tidou jaillit à son tour sur le trottoir, trop tard : l'homme disparaissait sur une énorme moto dont le garçon n'eut même pas le temps de déchiffrer le numéro d'immatriculation !

Il revint vers les autres, tout penaud.

Pierre prit la chose en riant :

« Je crois que vous faites de la déformation professionnelle, les gars ! dit-il. On ne va tout de même pas se mettre à voir des espions partout !

— Il a raison, approuva Mady, on est crevés et à bout de nerfs. Ce qu'il nous faut, c'est un bon repos !

— Et un bon dessert ! » enchaîna Pierre.

Puis il lança, à l'adresse de la Guille qui, au même instant, remontait du sous-sol en bâillant :

« Tu prendras bien une pêche Melba, avant d'aller faire la sieste, ou une tarte Tatin, peut-être ?... »

Chapitre 18

Face à face

Pour tout le monde, l'après-midi qui suivit fut un après-midi de repos. Seul Pierre, fidèle au poste, assura sur les ondes de Radio 6 un programme minimum, faisant patienter ses auditeurs en leur promettant l'équipe au complet pour bientôt... avec, comme cadeau de retour, le récit palpitant d'une nouvelle aventure !

Le Tondu n'apprécia pas du tout cette façon de « vendre la peau de l'ours avant de l'avoir tué ».

« Tu vas nous porter malheur ! déclara-t-il quand ils se retrouvèrent le lendemain matin.

— Au contraire, protesta Pierre, si j'ai fait ça, c'est pour précipiter les choses. Vous ne trouvez pas que ça commence à traîner en longueur, cette histoire ?

— Si ! » s'écria la Guille.

Il était le dernier à arriver au studio, tout essoufflé.

« Et il n'y a pas que nous qui sommes de cet avis, malheureusement ! » ajouta-t-il.

Aux questions de ses amis, il répondit que cette crapule de Gourgueval avait eu l'audace de lui téléphoner une heure plus tôt pour lui rappeler que l'ultimatum prenait fin dans cinq jours ! Si, passé cette date, il n'avait toujours pas l'argent, il se verrait — c'étaient ses termes — dans « l'obligation de porter l'affaire devant les tribunaux » !

« Dans cinq jours, tout sera réglé, affirma Pierre, d'ailleurs, vous aurez repris vos cours, et ne comptez pas sur moi pour agir tout seul...

— Comment est-ce que tu peux être aussi affirmatif ? » demanda le Tondu.

Pierre sourit :

« Pour la simple raison que, pendant que vous faisiez de beaux rêves hier soir, moi j'ai téléphoné à mes anciens collaborateurs. Ils seront ici même dans moins de deux heures, et parmi eux : le "mauvais génie" en personne !

— Ben, mon vieux, tu peux dire que tu nous épates ! s'exclama Gnafron, exprimant le sentiment général. Mais comment tu t'y es pris pour les convaincre aussi vite ?

— En faisant un petit mensonge, avoua Pierre. Remarquez, à quelques heures près, c'est la vérité : j'ai dit que la Guille avait disparu. Ils ont tout de suite compris que ce n'était pas de la rigolade et qu'il y avait urgence. Ils ne sont pas très sérieux, mes anciens copains, mais ce ne sont pas des monstres !

— C'est bien joli tout ça, intervint la Guille. Mais suppose que le "mauvais génie" contacte Gourgueval : il saura que je suis hors de danger, et il se gardera bien de venir !

— Et de cette façon pas de problème ! répliqua Pierre : on saura tout de suite de qui il s'agit !

— Peut-être, mais il faudra lui mettre la main dessus !

— Écoute, reprit Pierre, il sera temps d'aviser à ce moment-là. Mais, à mon avis, il n'y a qu'une chance sur cent que le "mauvais génie" sache où joindre Gourgueval. Gourgueval est un escroc professionnel. Il s'est servi du "mauvais génie" dans un cas précis, parce que ça l'arrangeait, peut-être même parce qu'il ne pouvait pas faire autrement... mais ça m'étonnerait beaucoup qu'il s'embarrasse d'un amateur... De toute façon, ce qui est fait est fait ; le plus urgent pour l'instant, c'est de nous mettre bien d'accord sur la tactique à adopter. Voilà ce que je vous propose... »

Une demi-heure plus tard, le plan de Pierre était approuvé à l'unanimité. Et, à l'heure prévue, des pas ébranlèrent l'escalier.

Tout le monde s'avança vers la trappe pour accueillir les arrivants. Tout le monde sauf la Guille, puisqu'il était censé avoir disparu, et Kafi : on avait décidé de ne le faire intervenir qu'en dernier recours. Aussi tous deux passeraient-ils le temps de l'« interrogatoire » dans l'appartement inoccupé de l'étage en dessous.

On attendait cinq visiteurs ; pour l'instant, ils n'étaient que trois. Pierre fit les présentations.

« Alain », déclara-t-il, en désignant un grand gaillard du même âge que lui, mais apparemment aussi mal à l'aise dans son corps qu'un adolescent en pleine croissance. Il se tortillait en grimaçant un sourire forcé. Il faut dire que la situation n'était agréable pour personne.

Puis Pierre désigna Christian, un petit brun déguisé en punk, dont l'extrémité des cheveux hirsutes était décolorée à l'eau oxygénée. Il s'avança en roulant les épaules, les pouces dans les poches de son jean, et lança un retentissant :

« Salut, les jeunes ! »

Mais son excès de décontraction trahissait au moins autant de gêne que chez Alain.

« Et voici Catherine », dit enfin Pierre en tendant la main à une jeune fille toute ronde et aussi blonde que Mady était brune.

Cette fois, de toute évidence, le plus gêné des deux était Pierre. Surtout lorsque Catherine dédaigna sa main pour faire claquer sur ses joues deux gros baisers sonores. Les moins psychologues des Compagnons n'eurent aucun mal à deviner qu'il y avait sans doute eu entre eux un peu plus que de la camaraderie...

« Bon, dit Tidou, jugeant opportun de faire diversion, asseyons-nous en attendant les autres, et espérons qu'ils ne vont pas trop tarder... »

Il n'avait pas fini sa phrase, que des pas se firent entendre de nouveau dans l'escalier.

« Alors, Jojo ! lança le petit punk en voyant apparaître un garçon à l'air sombre, au visage creux et à la tenue aussi stricte que la sienne était extravagante. T'as hésité à venir ! Avoue que c'est toi le coupable ! »

L'interpellé ne releva même pas. D'ailleurs Pierre était déjà intervenu à sa place :

« Christian, on connaît ton numéro, alors tu nous l'épargnes, O.K. ? »

Les Compagnons furent sidérés par le ton tranchant de Pierre. Jamais ils n'avaient eu l'occasion de lui soupçonner une telle autorité. Autorité devant laquelle le fantaisiste s'inclina d'ailleurs aussitôt.

« Georges », laissa tomber Pierre presque aussi sèchement en regardant au fond des yeux le dernier arrivé.

Ils ne se serrèrent pas la main. Georges toisa tout le monde du regard, puis s'assit, sans un mot. Ou bien il était complètement neurasthénique, ou bien il était brouillé avec tous ses anciens camarades...

Cette fois, tout le monde était assis, les « plaignants » d'un côté de la table, les « suspects » de l'autre. Une seule chaise restait vide.

Pierre ne dit pas un mot, les Compagnons non plus. Ils étaient convenus de n'entamer le débat qu'une fois tout le monde présent. En attendant, une attentive observation silencieuse pouvait peut-être se révéler fructueuse...

« Ne pas tenir compte de la nervosité de Christian, se disait Pierre en le voyant remuer sur sa chaise, faire cliqueter les innombrables ornements métalliques de son costume, jeter des coups d'œil faussement rigolards dans tous les sens... ne pas tenir compte, il est toujours comme ça. »

Alain, quant à lui, fumait cigarette sur cigarette. Georges regardait ses chaussures sans bouger d'un millimètre ; on aurait presque pu croire qu'il ne respirait plus et qu'il aurait suffi d'une chiquenaude sur son épaule pour le voir s'effondrer par terre, raide mort !

Ce fut Catherine qui rompit le silence la première :

« Bravo ! vous avez fait du beau boulot ! dit-elle en désignant les cloisons du "studio". Je dois avouer qu'au début j'ai boudé votre radio, mais chapeau ! vous êtes doués : surtout la Guille, justement. Son feuilleton...

— Merci pour lui, la coupa Pierre d'une voix sinistre. On lui transmettra tes compliments... si on le retrouve un jour !

— Moi aussi, déclara Alain à son tour, j'estime que vous avez réussi là où...

— Arrêtez votre char, tous les deux ! explosa Christian. Joli numéro de lèche ! Tout ça parce que vous avez les foies qu'on vous accuse ! Beurk ! vous m'écœurez ! Moi, si j'ai envie de dire que leur radio c'est nunuche et compagnie et qu'elle me fout des boutons, je vais pas me gêner, surtout pas ! »

Catherine et Alain protestèrent de leur bonne foi, mais Christian cria plus fort qu'eux. Pierre et les Compagnons se faisaient violence pour ne pas intervenir. Seul le sombre Georges ne réagissait pas plus que s'il s'était trouvé sur une autre planète.

Puis le silence revint mais, de l'avis de tous, c'était encore pire, encore plus insupportable. Mais la plus anxieuse, ce fut bientôt Catherine. Plus le temps passait, moins elle parvenait à la cacher. Tous, sauf les Compagnons, savaient pourquoi : le retardataire, Jean-Marie, était son nouveau petit ami. Après avoir été longtemps le rival de Pierre auprès d'elle, il l'avait finalement emporté. Aussi la jeune fille tremblait-elle de plus en plus à mesure que passaient les minutes, imaginant que Pierre se ferait un plaisir d'accuser Jean-Marie, s'il ne se montrait pas...

Au bout d'une demi-heure, Christian se leva en disant :

« Bon, on va pas passer le réveillon ici. Les absents ont toujours tort, la conclusion s'impose... »

Catherine bondit en hurlant :

« Tais-toi ! Tu n'as pas le droit ! »

Puis, prenant les autres à témoin, des larmes dans les yeux, elle dit :

« Tout le monde sait ici que Jean-Marie est toujours en retard ! C'est un rêveur, il n'a pas les pieds sur terre, il a très bien pu se tromper d'heure, ou même de jour... »

Elle regarda Pierre dans les yeux :

« Tu ne peux pas dire le contraire : du temps de Radio-Gones tu étais le premier à te plaindre de son côté tête en l'air ! Et puis... même si ça te coûte, reconnais que c'est le plus inoffensif d'entre nous ! Il ne ferait pas de mal à une mouche ! Jamais il n'aurait eu l'idée de comploter quoi que ce soit par jalousie ! »

Les Compagnons étaient de plus en plus mal à l'aise. Ils n'avaient pas imaginé que ce « tribunal » puisse prendre un tour aussi passionnel. Ils avaient l'insupportable impression d'être les témoins d'une querelle qui ne les regardait en rien. Pierre devait être du même avis puisqu'il se tourna finalement vers eux pour leur demander s'ils l'autorisaient à « étaler toutes leurs cartes » malgré l'absence de Jean-Marie. Les Compagnons, qui avaient hâte d'en finir, ne se firent pas prier et donnèrent leur feu vert.

« Eh bien voilà », commença Pierre.

Et, relayé de temps à autre par l'un ou l'autre des Six, il fit le récit de toute l'affaire : depuis la première manifestation du « mauvais génie », jusqu'à la disparition de la Guille.

Sur ce point, il mentit comme convenu en ne précisant pas qu'il était rentré le matin même. Par contre, il donna tous les détails sur la clef de l'énigme (le lit de la Guille, Sébastien, l'apprentissage dans le sommeil, etc.), et conclut en exhibant le gant de laine noir.

Dès qu'il le vit, Christian bondit à nouveau de son siège :

« Ah ! ben, ce gant-là, pas de problème ! Je sais à qui il est ! »

Tout le monde le regarda, médusé, attendant la suite. Elle fut imprévue !

« Je le sais, répéta-t-il, mais ne comptez pas sur moi pour jouer les mouchards ! »

Et il éclata de rire. Était-ce du bluff, ou connaissait-il vraiment le propriétaire du gant ?... Pierre ne chercha pas à le savoir. Il déclara :

« On ne te le demande pas. D'ailleurs, on a beaucoup mieux... »

Il expliqua :

« Nous comptions que le coupable se dénoncerait de lui-même et nous voulions à tout prix éviter les procédés humiliants, mais... vu la tournure que prend notre "entretien" et, surtout, vu le temps qu'on a déjà perdu... Bistèque, dit-il en se tournant vers le garçon, va chercher Kafi. »

Bistèque se leva. Pierre le retint et ajouta :

« Pas de regret ? Il est encore temps d'éviter le pire...

— Pas de regret ! » lança Christian, comme s'il était seul concerné.

Pierre fit donc signe à Bistèque d'y aller.

Le temps qu'il traverse le grenier, descende les escaliers, le face à face entre suspects et accusateurs fut terrible. Pourtant, chacun resta parfaitement égal à soi-même : Christian arrogant et faussement sûr de lui, Catherine malheureuse, Alain sur des charbons ardents et Georges pétrifié dans ses pensées sinistres.

Mais tout à coup, on entendit des pas précipités dans l'escalier et la voix de Bistèque qui criait :

« Kafi a disparu ! Kafi a disparu ! »

Pierre et Tidou bondirent à sa rencontre.

« Et la Guille ? » demandèrent-ils à voix basse.

Bistèque baissa les yeux :

« Lui aussi ! »

À peine avait-il dit ces mots, que d'autres pas firent craquer l'escalier.

Tous se figèrent. Même Christian. Apparemment, la plaisanterie qu'il s'apprêtait à lancer lui resta pour une fois en travers de la gorge.

Était-ce la Guille, Kafi, ou Jean-Marie qui arrivait enfin ?

Anxieux de le savoir, Tidou, Bistèque et Pierre se ruèrent en direction de la trappe...

Chapitre 19

Bonjour ! Je m'appelle Julie

Ce qu'ils découvrirent n'était ni Kafi, ni la Guille, ni Jean-Marie... mais une fillette d'une douzaine d'années, qui poussa un cri en les voyant surgir au-dessus d'elle. Ils furent si stupéfaits qu'ils en restèrent bouche bée et que, sitôt remise de sa surprise, ce fut la fillette qui parla la première :

« Je m'appelle Julie, je suis une passionnée de Radio 6 ! C'est bien ici ? »

Elle avait une voix haut perchée, tout à fait en accord avec la frimousse encadrée de deux couettes et pleine de taches de son, qu'elle levait naïvement vers les trois garçons.

« Oui, commença Tidou, c'est ici, mais... »

Elle l'interrompit :

« Je peux finir de monter ?

— Bien sûr, dit Pierre, mais... »

Elle ne le laissa pas achever lui non plus, et gravit d'autorité les marches qui lui restaient pour déboucher dans le grenier.

Elle fut moins étonnée que les trois garçons en découvrant alors derrière eux pas moins de quatre autres garçons et deux filles !

« Bonjour ! » lança-t-elle avec une charmante assurance. Et elle se présenta de nouveau : « Je m'appelle Julie, je suis une passionnée de Radio 6 ! »

Ses grands yeux bleus s'arrêtèrent sur Mady.

« Ah ! Mady ! s'écria-t-elle, tout sourire. C'est surtout toi que je voulais voir ! Je t'admire beaucoup ! Et plus tard, j'aimerais bien parler à la radio, moi aussi ! »

Pierre s'apprêtait à lui dire qu'elle tombait mal et à lui suggérer de repasser un autre jour, quand elle lança, toujours à l'adresse de Mady :

« J'ai quelque chose pour toi ! »

Elle faisait allusion au cartable d'écolière qui pendait à sa main droite. Elle ne l'ouvrit pas pour autant, préférant s'expliquer tout d'abord — ce qui porta à son comble l'impatience du « public ».

« Mon père est chauffeur de camions, déclara-t-elle à la surprise générale, routier, si vous préférez. Mais ce n'est pas lui qui l'a trouvé !

— Trouvé quoi ? » s'impatienta Mady.

Elle ignora sa question, pour déclarer fièrement : « C'est moi ! » Avant d'ajouter, catastrophée, cette fois : « Malheureusement, il est très abîmé ! Mais la cassette... »

Sortant de six bouches à la fois, ce fut un hurlement : « LA CASSETTE ! »

La fillette ne se laissa pas émouvoir. Elle posa calmement son cartable sur une chaise, l'ouvrit et en sortit le petit magnétophone : il était hors d'usage.

Mady s'en saisit et demanda :

« Mais où l'as-tu trouvé ?

— Je vous l'ai dit : dans le camion à mon père.

— Le camion de ton père ?

— Oui, dans la remorque ! » répondit la fillette sur le ton de l'évidence.

Tidou intervint :

« Ton père est chauffeur-routier, et quand tu as trouvé le magnétophone, il rentrait de Paris, c'est ça ?

— C'est ça, approuva la fillette.

— Et il avait pris l'autoroute ?

— Je crois.

— J'y suis ! s'exclama Gnafron. Quand la Guille a jeté le magnéto par la fenêtre, le train ne roulait pas sur le pont d'une rivière mais au-dessus de l'autoroute. Le magnéto est tombé dans la remorque du camion qui passait dessous au même moment ! »

C'était à la fois miraculeux et évident !

« Mais comment as-tu su qu'il nous appartenait ? » demanda Tidou.

La fillette se troubla. Mady, qui venait de sortir la cassette, répondit à sa place :

« Parce qu'elle l'a écoutée, sur son magnétophone à elle, et qu'elle a reconnu ma voix. N'est-ce pas ? »

La fillette approuva, rougissante.

« Tu as rudement bien fait ! la rassura Mady.

— *Ta* voix ? s'étonna Tidou.

— Oui, dit Mady. Le soir de son départ, la

Guille a pris le magnétophone avec la cassette qui était dedans : il s'est trouvé que c'était un enregistrement d'une de mes émissions...

— "À nous la bonne soupe", précisa la fillette. C'était la recette du gâteau aux amandes, mais de l'autre côté il y avait des voix d'hommes... c'était bien moins intéressant ! »

Et, sans transition, elle ajouta :

« Bon, je resterais bien mais il faut que je m'en aille, ma mère m'attend en bas...

— Tu connais notre numéro de téléphone ? demanda Mady.

— Bien sûr ! dit la fillette.

— Alors, appelle-nous la semaine prochaine : il faut qu'on te remercie... je crois que tu nous as rendu un grand service ! À bientôt, Julie !

— À bientôt ! » répondit la fillette, et elle disparut comme elle était venue.

« Pour la Guille et Kafi, qu'est-ce qu'on fait ? demanda Bistèque.

— On écoute la bande, déclara Tidou, elle nous mettra peut-être sur une piste... »

Joignant le geste à la parole, il glissa la cassette dans le magnétophone du studio et appuya sur un bouton.

Chapitre 20

Le « mauvais génie » ôte son masque

Tout le monde s'était figé pour écouter.

Ce fut d'abord un brouhaha des plus confus, puis, presque aussitôt, la voix de la Guille. Elle était lointaine et caverneuse mais compréhensible :

« S'il vous plaît ! »

Des bruits de pas, puis :

« C'est au monsieur, là-bas... en manteau de fourrure ! »

Nouveau bruit de pas, brouhaha... et, soudain, le carillon bien connu dans toutes les gares de France, presque aussitôt suivi de cette annonce par haut-parleur :

« Le train rapide 1054, en provenance de Nice et à destination de Paris, entre en gare au quai numéro 3, voie F. Veuillez vous éloigner des abords du quai ! »

Nouveau brouhaha, bientôt assourdissant.

« Le train qui arrive ! » commenta Gnafron.

Il s'écoula ensuite bien cinq minutes sans qu'aucune voix audible se fit entendre. Pour les

Compagnons, ces cinq minutes parurent durer l'éternité : et si le magnétophone n'avait rien enregistré de plus ?

Mais soudain :

« Entrons ici, dit une voix d'homme, il n'y a personne.

— La voix de Gourgueval ! dit Gnafron. Ils ont trouvé un compartiment. Pourvu qu'ils aient des choses à se dire ! »

Il fut aussitôt exaucé.

L'« avocat » : « Vous croyez que les gamins vont arriver à réunir dix briques ?

Gourgueval : — J'espère bien !... En tout cas, avec Saint-Clair, le problème ne se pose pas !

— Saint-Clair ! s'écria Pierre, le fameux écrivain ! Ils... »

Mais il se tut car Gourgueval s'était remis à parler :

« Ce sera une juste revanche. Quand je pense qu'avec tout mon talent, je n'ai que quelques centaines de lecteurs... tandis que lui, il est riche à millions !

L'« avocat » : — Ça va être le gros coup !

Gourgueval : — Comme tu dis ! Seulement, cette fois, on n'aura pas affaire à des enfants de chœur, il va falloir jouer serré !

L'« avocat » : — Sans compter qu'on n'aura peut-être pas la même chance...

Gourgueval : — Tu veux dire : pour poser l'appareil... C'est vrai qu'on ne rencontre pas tous les jours un innocent prêt à nous rendre service... Quand je pense qu'il a tout avalé comme du bon pain !

L'« avocat » : — Comment signait-il ses plaisanteries déjà ?

Gourgueval (s'esclaffant) : — “Le mauvais génie” !... S'il savait !

L'« avocat » : — Moi j'ai la trouille qu'il vende la mèche... quand il se rendra compte de quoi il a été complice...

Gourgueval : — Ne t'en fais pas, on saura le faire taire ! et puis...

L'« avocat » : — Et puis ?

Gourgueval : — En dernier recours, il nous reste toujours le Motard. Oh ! je n'aimerais pas tellement faire appel à ses services : il a un casier judiciaire un peu trop chargé à mon goût, mais il a l'expérience !

L'« avocat » : — Et puis son repaire à l'Île-Barbe, ça c'est une trouvaille ! Qui irait imaginer que dans cette sympathique petite auberge...

Gourgueval : — Tais-toi ! Il y a des choses qu'il ne faut pas dire... même dans un compartiment de train où on est seul ! Et puis, si tu veux être en forme en arrivant à Paris, tu ferais peut-être mieux de dormir un peu... Moi, je tombe de sommeil ! »

Bâillement, puis silence. Ou plus exactement : le bruit du train, interminablement.

Mais les Compagnons n'avaient pas besoin d'en savoir davantage... et le « mauvais génie » non plus, d'ailleurs. Il fut le premier à prendre la parole quand Tidou eut arrêté le magnétophone.

Ce n'était pas Christian, le punk provocateur, ce n'était pas Georges, le taciturne, ce n'était pas non plus Jean-Marie, toujours absent, pas davantage

Catherine, sa sympathique petite amie... c'était Alain, le plus timide de tous, ce grand adolescent monté en graine !

Tout le monde leva les yeux vers lui avec stupéfaction. Et voici, mot pour mot, quelle fut sa confession :

« Après ce que vous venez d'entendre, je peux parler, vous me croirez. Voilà :

« Jamais je n'ai voulu faire de mal à qui que ce soit. J'ai voulu me venger d'avoir été évincé de cette radio, c'est vrai, mais juste en vous faisant peur et en vous mettant... des bâtons dans les roues. Rien de plus.

« Les coups de téléphone, c'est moi. La pancarte arrachée, c'est moi. L'antenne, c'est moi aussi...

— L'antenne ? »

Pierre avait sursauté.

« Le jour de la tempête ? »

Alain opina.

« Ce n'est pas le vent qui l'a arrachée ?

— Disons, avoua Alain, que j'ai... aidé le vent.

— Bravo ! s'exclama Pierre, tu es vraiment inconscient, mon petit vieux ! Tu imagines ce...

— Je sais, je sais, l'interrompit Alain. J'ai agi comme un gosse ! Mais le jour où j'aurais mieux fait de rester couché, c'est quand je suis venu ici mettre la pagaille dans vos disques et vos bandes magnétiques...

— Ce n'est pourtant pas le plus grave que tu aies fait ! soupira Pierre.

— Non... mais ça a mal tourné. »

Tout le monde était suspendu à ses lèvres, sachant que c'était maintenant qu'on allait connaître le fin mot de l'histoire. Pourtant, Tidou intervint :

« Tu fais vite car la Guille et Kafi sont peut-être en danger... à moins que tu n'en saches également plus que nous à ce propos...

— Oui, dit-il, je crois en savoir plus. Surtout depuis que j'ai entendu cet enregistrement. »

Il montra le magnétophone, puis reprit :

« Je suis venu en voiture. Si vous voulez, je vous emmène là où la Guille et Kafi sont certainement retenus prisonniers... À propos, la Guille est bien revenu entre-temps ? Sinon, la cassette...

— C'est à toi de t'expliquer, pas à nous ! trancha Pierre. Et c'est nous qui posons les questions. En attendant, d'accord pour ta proposition. On tient à combien dans ta voiture ?

— Cinq... en se serrant bien ! »

Chapitre 21

En route pour l'Île-Barbe

La 4L d'Alain était pleine à craquer. Devant : Pierre, et Alain au volant. Derrière : Tidou, le Tondu et Bistèque. Mady et Gnafron étaient restés impasse Fernet ; ils ne bougeraient pas du grenier tant que leurs amis ne seraient pas de retour.

Une fois sortie des ruelles du Vieux Lyon, la petite voiture longea la Saône en direction du nord. Tout en conduisant, Alain parlait :

« Le soir du 30 janvier, je me suis donc introduit au studio après votre départ... Ce que j'y ai fait, vous le savez ! C'est à l'instant où je ressortais que je me suis retrouvé nez à nez avec Gourgueval. Ou plutôt : avec un monsieur dont je ne connaissais pas encore le nom et qui paraissait tout aussi embarrassé que moi ! Du moins sur le coup : il tenait un passe-partout à la main et ne pouvait guère prétendre qu'il était ici par hasard ! D'ailleurs, il n'a pas cherché à me tromper par des justifications abracadabrantes. La première surprise passée, il m'a dit en souriant : "Merci de m'avoir ouvert le chemin !" Et, tout de suite, sans me demander mon avis, il a fait comme si j'étais son complice. J'aurais pu protester, inventer n'importe quoi, mais je n'en ai pas eu la présence d'esprit : il m'avait coupé l'herbe sous le pied !

« J'ai avoué ce que j'étais venu faire. Il a ri, faisant semblant de trouver la plaisanterie très drôle. Je lui ai demandé : "Et vous ?" Il m'a calmement répondu qu'il venait récupérer un livre intitulé *Gare au Gourou*. Est-ce que je ne l'avais pas vu par hasard ? J'ai dit que non et, comme j'étais coincé, j'ai accepté de remonter avec lui au grenier et de chercher le bouquin en question. C'est comme ça que j'ai dû perdre mon gant...

— Quant au bouquin, vous ne l'avez pas trouvé, enchaîna Pierre : il était chez moi, dans ma bibliothèque ! »

Alain reprit :

« Je lui ai demandé quel était ce livre, de quoi il parlait, pourquoi il tenait tellement à le récupérer... et il m'a répondu la vérité en concluant qu'il avait lui aussi une dent contre vous et qu'il voulait vous jouer un bon tour...

— Un bon tour ! s'exclama Tidou.

— C'est ce qu'il m'a dit, affirma Alain, et c'est ce que j'ai cru. Et quand il m'a demandé de participer à ce "bon tour", j'ai été assez naïf pour accepter ! Il s'agissait de s'introduire chez la Guille, jusque dans sa chambre, et de placer sous son lit un récepteur radio miniature...

— Un récepteur radio ! » s'étonna le Tondu.

Pierre expliqua :

« Ordinairement, pour l'apprentissage dans le sommeil, on utilise un magnétophone dont la bande, montée “en boucle”, vous répète inlassablement ce que vous saurez par cœur le lendemain matin. Durant la nuit, vous gardez sur les oreilles un casque très léger conçu pour ça.

« Gourgueval possédait un appareil de ce type. Mais il n'était pas question de l'utiliser directement et de revenir chaque soir chez la Guille changer la bande... encore moins de lui poser à son insu un casque sur les oreilles ! Non. Dans ce cas... particulier...

— Comme tu dis ! releva Bistèque en riant amèrement : particulier ! »

Alain reprit :

« Dans ce cas-là, mieux valait utiliser un émetteur radio qui transmettrait à distance le “message” du magnétophone jusqu'à un petit récepteur dissimulé sous le lit...

— Mais pour le casque, l'interrompit Tidou, ça ne change rien !

— En effet, reconnut Alain. C'est là qu'intervient l'“avocat”. Il n'est pas plus avocat que moi mais ingénieur en électronique. Il a inventé un dispositif qui transforme les sons émis par le mini-récepteur en... ultrasons, si vous voulez... ce n'est pas le terme exact, je l'ai oublié... Toujours est-il que ces “ultrasons” sont transmis à l'appareil auditif humain sans l'intermédiaire d'écouteurs, et qu'ils peuvent traverser...

— Un matelas, par exemple ! enchaîna le Tondu.

— Exactement.

— Mais encore fallait-il parvenir jusqu'à ce... matelas ! s'étonna Pierre.

— Ça, répondit Alain, c'était mon boulot...

— Drôle de boulot ! fit remarquer Tidou.

— Il faut me croire, reprit Alain d'une voix soudain plus grave : jamais je n'aurais fait ça si j'avais deviné les véritables intentions de Gourgueval ! Il m'avait affirmé qu'il voulait s'amuser à “pirater” le feuilleton de la Guille en lui faisant écrire puis enregistrer n'importe quoi... mais jamais il ne m'a parlé de chantage ! Vous me croyez ?

— Je te crois, assura Pierre.

— Nous aussi, dit Tidou au nom de ses amis. Mais comment est-ce que tu t'es introduit chez la Guille ?

— Oh ! ça a été beaucoup plus simple qu'on ne l'imagine, répondit Alain. Gourgueval avait fait sa petite enquête et savait que l'appartement était vide tous les après-midi de la semaine. Je n'avais plus qu'à me déguiser en releveur des compteurs. La concierge m'a donné la clef sans difficultés...

— Et pour aller le récupérer ? interrogea Bistèque.

— Eh bien, le releveur des compteurs s'est changé en plombier, et la concierge n'y a vu que du feu ! »

Sur ces mots, il freina. L'Île-Barbe venait d'apparaître sur leur droite, au milieu de la Saône. À la différence de la ville de Lyon proprement dite, elle était encore tout enneigée et, d'ici, avec ses arbres blancs, ses demeures bourgeoises et ses hauts murs de vieilles pierres, elle faisait figure de paisible village sorti d'une autre époque.

« Garons-nous ici, décida Alain. On risquera moins de se faire remarquer en allant sur l'île à pied. »

Et, tandis qu'ils marchaient en direction de l'auberge, il acheva son récit :

« Le Motard, comme l'appelle Gourgueval, est entré en contact avec moi pour la première fois hier seulement, par téléphone. Depuis quelque temps, Gourgueval l'avait chargé de "veiller" sur vous...

— Au restaurant, s'écria le Tondu tout à coup, c'était lui ! Il a suivi toute notre conversation !

— Et je l'ai vu ensuite s'enfuir sur sa moto ! » enchaîna Tidou.

Alain conclut :

« C'est comme ça qu'il a appris la "réunion" qui devait avoir lieu aujourd'hui et le rôle que Kafi devait y tenir. Il m'a dit de ne surtout pas avouer et de ne pas m'inquiéter : le chien aurait disparu quand vous voudriez le faire intervenir. »

Tidou le fusilla d'un regard noir, qui lui fit baisser la tête avant de se justifier :

« Si j'avais parlé, alors que la cassette et les propos mêmes de Gourgueval ne m'avaient pas encore en partie disculpé, vous m'auriez cru complice de tout. » Il soupira : « Cette cassette est plutôt bien tombée !

— C'est le cas de le dire ! fit remarquer Bistèque.

— Et, en plus de ça, ajouta Alain, c'est grâce à elle qu'on est ici. Le Motard s'était bien gardé de me préciser où se trouvait son repaire... Mais attention ! on approche... »

Chapitre 22

Sous les verrous

Les cinq garçons furent d'autant plus prudents qu'il régnait sur l'île un silence impressionnant. Pas la moindre circulation, aucun passant (les rares habitants de l'endroit devaient se terrer derrière leurs hauts murs) et partout, la neige.

« Si mes souvenirs sont bons, dit Alain qui marchait en tête, l'auberge en question doit être au bout du chemin, juste après le tournant que vous voyez là-bas... »

Ils marchèrent donc jusqu'au tournant, sans un mot, de plus en plus tendus et le cœur battant... À un mètre du but, Alain fit signe aux autres de s'arrêter. Il fit, quant à lui, un pas supplémentaire, tendit la tête... et, contre toute attente, poussa un cri :

« Regardez ! »

Ils bondirent en avant. Et ce qu'ils découvrirent les stupéfia : sur la petite place devant l'auberge, un car et une voiture de police étaient stationnés.

« Ça alors ! dit Bistèque. Je... »

Mais il n'acheva pas. La porte centrale du bâtiment venait de s'ouvrir, livrant passage à quatre hommes : deux policiers en uniforme, encadrant deux individus, menottes aux poings. L'un de ces deux derniers n'était autre que le fameux Motard !

En moins de temps qu'il ne faut pour le dire, les cinq garçons les eurent rejoints.

« Hé là ! s'écria l'un des policiers. Où allez-vous ?

— Qui êtes-vous ? demanda l'autre.

— Des amis de la Guille et Kafi ! lança Pierre.

— Ka... quoi ?

— Kafi ! ! ! » hurla Tidou.

Mais ce n'était pas pour répondre au policier, c'était parce qu'il venait d'entendre son chien aboyer. Kafi jaillit par la porte entrouverte. Et si, sous cet assaut, Tidou ne se retrouva pas assis par terre, c'est qu'il avait prévu le coup ! Bien campé sur ses jambes, il accueillit entre ses bras le chien dressé sur ses pattes de derrière.

« Dis-moi tout, mon Kafi, dis-moi tout ! » répétait-il en l'embrassant de toutes ses forces.

Le chien fit son possible pour dire ce qu'il savait... mais les garçons n'en apprirent vraiment plus que quelques instants après, quand ils pénétrèrent dans l'auberge.

Là, la Guille était installé à une table, en pleine discussion avec le commissaire Labugne assis en face de lui.

« Ah ! vous voilà ! dit le garçon en les apercevant. J'ai eu Mady au téléphone tout à l'heure, je voulais vous rassurer, mais vous étiez déjà partis... »

Les garçons saluèrent le commissaire qui les félicita.

Sur quoi la Guille expliqua comment Kafi et lui avaient été enlevés impasse Fernet, puis amenés et faits prisonniers ici par le Motard et son complice. Mais, cinq minutes après, les policiers arrivaient et les délivraient !

« Nous ne venions pas pour ça, expliqua le commissaire Labugne : nous pensions seulement mettre la main sur deux filous qui se servaient de cette auberge pour y entreposer des objets volés... mais voilà que, grâce à vous, nous allons arrêter de dangereux maîtres chanteurs ! J'ai hâte d'écouter la cassette !

— Le commissaire a déjà prévenu ses collègues parisiens, précisa la Guille : Gourgueval et son complice seront sous les verrous avant ce soir... avant que Frédéric Saint-Clair, le célèbre écrivain, soit devenu comme moi plagiaire à son insu ! »

*

* *

Quand il sut à qui il devait d'avoir échappé au chantage, Frédéric Saint-Clair voulut remercier de vive voix les Compagnons. Ils se firent un plaisir de le recevoir au studio. Et c'est ainsi qu'un écrivain connu dans le monde entier accepta une interview en direct sur Radio 6 !

Il fit mieux. Ayant appris que la sympathique radio était captée difficilement dans certains quartiers de Lyon, il offrit aux journalistes en herbe ce dont ils rêvaient depuis longtemps : un compresseur. Ainsi Radio 6 gagna-t-elle encore de nombreux auditeurs !

Ah ! j'oubliais ! Vous vous souvenez de Jean-Marie, ce garçon toujours en retard qu'on attendit vainement le fameux jour de l'« interrogatoire ». Eh bien, il finit par arriver, et même à l'heure exacte... malheureusement deux jours après !

Table

Composition ***Jouve*** — 53100 Mayenne

Imprimé en France par ***Partenaires-Livres®***
N° dépôt légal : 57892 - mai 2005
20.07.0688.03/0 ISBN : 2.01.200688.4

Loi n° 49-956 du 16 juillet 1949
sur les publications destinées à la jeunesse